ELLIOT WOOLF

Der Adventmörder

Thriller

Eine vorweihnachtliche Geschichte

MJM Books

Impressum

Herausgeber:
MJM Products GmbH,
25785 Nordhastedt, Riese 2
E-Mail: mjm2023products@gmail.com
Website: elliot-woolf.de
Instagram: elliot_woolf_autor

Originalausgabe 2024

ISBN 978-3-9826614-0-7

Ein herzlicher Dank für ihre liebevolle Unterstützung geht an meine Königin.

Prolog

Dieses Mal könnte es schwieriger werden. Die Situation, die sich ihm darstellte, war grundlegend anders. Hier in der Einsamkeit, wo jeder jeden kannte. Keine Deckung durch touristischen Trubel, kreischende Kinder und Verkehrslärm. Stille. Heilige. Nacht.

Die Stiefel des Mannes durchschnitten mit jedem Schritt die Ruhe der Dunkelheit. Seinen Wagen hatte er zwei Straßen weiter geparkt. Doch das Risiko blieb. Schon ein unbekanntes Auto konnte hier auffallen. Er bog um die letzte Ecke. Nun hatte er sein Ziel im Blick. Ein klumpiger Würfel von einem Neubau. Grässlich. Als hätte man ihn aus einer Großstadt hierher gebeamt. Die Nachbargebäude waren von ähnlicher Gestalt. Dörfer vermittelten oftmals das Gefühl, die Zeit sei stehen geblieben. Der Anblick großer, anmutiger, alter Bauernhäuser, die viele Zeitalter gesehen hatten, entschleunigte auch den süchtigsten Workaholic. Nicht so in diesem Neubauwohngebiet.

Neureiche Spießer wohnten in dieser Straße. Solche, die in der Stadt als Pädagogen arbeiteten, dreimal im Jahr in den Urlaub flogen, aber ihrem grünen, nachhaltigen Geist damit

Ausdruck verliehen, dass sie schließlich vom Land seien. Eine ungewöhnliche Wohnlage für einen alleinerziehenden Vater. Doch kam es dem Mann auch irgendwie bekannt vor. Den Vorteil, den er aus diesen großen, grauenvollen Villen ziehen konnte, war die Entfernung zu den Nachbarn. Mindestens fünfzehn Meter trennten Hauswand von Hauswand. Dazwischen meist zwei Meter hohe Mauern oder glatt geschnittene Buchenhecken.

Der Mann stand jetzt vor seinem Ziel.

Er blickte sich in alle Richtungen um. Es war dunkel und still. Die Straßenlaternen gaben mit ihren matten Lichtkegeln nur den Anschein von Helligkeit wieder. Vor ihm prangte ein mannhohes Eingangstor. Ein Problem? Der Mann trat heran und drückte die geschwungene Messingklinke vorsichtig nach unten. Langsam und quietschend schwang das Tor nach innen auf. Der Mann lächelte zufrieden. Der Vorgarten war gepflegt, die Hecken gestutzt. Stilvoll, aber einfach gehalten. Der Mann trat umsichtig auf die runden Steinplatten, die ihn über die nasse Wiese zur Eingangstür leiteten.

Dort angekommen, empfing ihn das grelle Aufblitzen der Deckenleuchten, die am kurzen Vordach angebracht waren. Bewegungsmelder. Er war nicht überrascht. Er war nicht das erste Mal hier.

Der Mann begutachtete aus den Schatten einer großen Vase heraus die stabile Eingangstür. Aluminium, aber robust. Matter Anthrazit. Keine Scheiben. Kein Guckloch. Auch keine Kameras drumherum.

Der Mann machte einen großen Satz ins Licht. Er griff mit

der rechten Hand in der Innentasche des Mantels nach dem entscheidenden Gegenstand. Die andere Hand streckte er nach der silbernen Türklingel aus.
Konzentration.

Sonntag, 3. Dezember, 23:10 Uhr

Anna

Anna schlängelte sich mit ihrem gelben Renault Megane geschickt durch die Einsatzfahrzeuge. Das grelle Blinken der Blaulichter blendete sie. Ihre Kopfschmerzen verstärkten sich. Die Zeit war zu knapp gewesen, um ihr Privatauto auf dem Kommissariat noch mit einem Dienstwagen zu tauschen. Es zählte womöglich jede Sekunde. Zumindest sollten sich ihre schlimmsten Befürchtungen bewahrheiten. War er wieder da?

Sie parkte unmittelbar vor der mit weiß-rot gestreiftem Flatterband gezogenen Absperrung. Hektisch verließ sie das Fahrzeug, griff dabei nach ihrer schwarzen Ledertasche und suchte nach einem bekannten Gesicht unter den umher stehenden Kollegen.

Einer der uniformierten Polizisten kam mit ernster Miene auf sie zu. Dabei gestikulierte er ihr zu verschwinden. Als Antwort griff sie nach ihrem Dienstausweis, der in einem kleinen Etui um ihren Hals hing.

»Ich bin vom Mordkommissariat.«

Er nickte und wies sie an, sich umzuziehen.

»Ich komme direkt von zuhause, habt ihr noch einen Anzug für mich?«

Der Polizist bedeutete ihr zu warten und verschwand zum Kofferraum seines Streifenwagens.

»Hier. Möglicherweise etwas zu groß. Pass also auf, dass du dich nicht lang machst.«
Anna bedankte sich und streifte den weißen Tatortanzug über ihre Straßenkleidung. Auch wenn es eine routinierte Handlung war, fiel es ihr dieses Mal schwer. Ihre Hände zitterten, als sie die Kapuze über ihre langen, dunklen, zu einem Zopf zusammengebundenen Haare stülpte.
Als sie bis auf die Schuhe alles eingepackt hatte, deutete der Kollege stumm in die Richtung des kleinen Bungalows.
Anna wandte sich dem Tatort zu. Alles schien sich in ihrer Wahrnehmung zu fokussieren. Die restlichen Polizisten und Sanitäter, die umher wuselten, blendete sie beinahe aus. Bedacht schritt sie durch das kleine hölzerne Gartentörchen über den gepflasterten Weg zum Haus. Die Bauart der Häuser in dieser Nachbarschaft war fast identisch. Ganz im Stile einer britischen Vorstadt. Eng bei eng. Einfache, kleine Vorgärten, kein Schnickschnack.
Die Haustür stand offen, alle Lichter im Haus brannten. War das zum Tatzeitpunkt auch so gewesen?
Anna holte tief Luft und nahm die Szenerie im Innern des Hauses wahr.
Ein langer Flur. Er führte ins Wohnzimmer. Drei weitere Türen, eine links, zwei rechts. Alles schien recht ordentlich. Kaum Staub. Ein Plüschtier lag am Ende des Ganges. Anna hob es auf. Sie blickte in seine leeren Knopfaugen. Ein Kind scheint schon mal im Spiel zu sein. Keine Bilder an der Wand. Insgesamt recht karg eingerichtet. Hier fehlte die weibliche Hand. Es passte. Leider.
Anna überflog nur die Zimmer links und rechts. Sie spielten

lediglich eine untergeordnete Rolle.
Das Wohnzimmer war entscheidend.
Es war eine moderne, offene Wohnküche. Rechts eine Einbauküche mit Kochinsel und links uninspiriert im Quadrat aufgestellt, ein Sofa, ein Sessel, ein Hocker. Ausgerichtet auf eine weiße TV-Wand mit Flachbildfernseher.
Annas Blick wanderte über das Sofa. Dahinter stand noch ein kleiner Holztisch im selben Stile der TV-Wand, darunter ein hässlicher roter Perserteppich. Doch war er nicht wirklich rot.
Erik Reimer lag auf dem Rücken. Arme und Beine weit von sich gestreckt. Erik war der Hausbesitzer. Erik war tot.
Die Leiche trug einen blau-rot gestreiften Pyjama. Sein Körper schien völlig unversehrt. Anna betrachtete sein Gesicht. Das, was davon übrig war.
»Armes Schwein. Er hat ihn ganz schön zugerichtet.«
Eine Hand auf Ihrer Schulter riss Anna aus ihren Gedanken.
»Anna?«
Nicht in der Erwartung, angefasst zu werden, zuckte sie unwillkürlich zusammen. »Tut mir leid«, entschuldigte sich Mesut: »Ich wollte dich nicht erschrecken.«
»Ist schon gut«, wandte Anna sich an den hinzugekommenen Kollegen. »Ich war gerade nur in meiner Gedankenwelt.«
»Und was Erhellendes dabei gesehen?«
Anna lächelte kurz. Sie mochte Mesut, war er doch der Kollege, den sie am längsten in dieser Stadt kannte.
Als Anna ihre Ausbildung in der Polizeischule abgeschlossen hatte, wurde sie für zwei Jahre aufs Land versetzt. Dort

hatte sie es weniger mit psychopathischen Mördern zu tun gehabt als mit streitsüchtigen Landwirten. Sie löste keine Mordfälle, sondern durfte sich mit, angeblich, vergifteten Düngemitteln und durch Trecker blockierte Straßen auseinandersetzen.
Doch dann – Anfang des letzten Jahres, ergab sich ein glücklicher Umstand für Anna. Die Chance, in die große Stadt zu ziehen und in der Mordkommission zu arbeiten. Sie erinnerte sich noch, als wäre es erst gestern gewesen, als sie, die junge Kommissarin vom Lande, den direkten Sprung von der Kreisklasse in die Bundesliga geschafft hatte. Völlig aus dem Häuschen betrat sie voller Tatendrang die Polizeiinspektion, doch ihr Chef riss sie nur fünf Minuten später aus ihrer Traumwelt. Sie sollte, bevor sie mit den sogenannten großen Jungs spielen dürfe, erst einmal in der Schlammzone laufen und graben lernen.
Beim Kriminaldauerdienst durfte sie das nächste halbe Jahr im Schichtdienst erste Erfahrungen in der Großstadt sammeln. Der Kriminaldauerdienst war ein kriminalpolizeilicher Bereitschaftsdienst, der rund um die Uhr in der Lage war, überall im Einsatzgebiet Ereignisorte immer dann zu untersuchen, wenn die Schutzpolizisten an ihre fachlichen Grenzen stießen.
Ein halbes Jahr hörte sich zwar nicht lang an, aber Anna leistete in der Zeit den ersten Auswerteangriff an allen möglichen Orten des Verbrechens. Von schweren Körperverletzungen, über Suizide, hin zu knallharten Tötungsdelikten war alles dabei gewesen.
Dort lernte sie Mesut kennen. Der charmante Kriminal-

oberkommissar nahm sie herzlich in die Einheit auf und zeigte ihr alles, worauf es wirklich ankam. Wo gab es den besten Kaffee und wie überzeugt man den Schichtplaner von den eigenen Wochenendplänen? (Fußballwitze, vor allem wenn sie sich gegen den FC Bayern München richteten und merkwürdigerweise Salzstangen.)
Anna mochte Mesut, behandelte ihn aber mit Vorsicht, denn die Bettgeschichten des Mittvierzigers mit zweien seiner Teampartnerinnen waren ihr rasch zu Ohren gekommen. Und auf ein Techtelmechtel mit Kollegen hatte sie es wahrlich nicht abgesehen. Pro aktiv ließ Anna ihn spüren, dass zwischen ihnen beiden nie etwas laufen würde und er verstand ihre deutlichen Signale. Das nahm jegliche Spannung aus ihrer Arbeitsbeziehung und öffnete den Weg für eine wahre Freundschaft. So wurden ihre gemeinsamen Schichten zu einer echten Freude für Anna. Und Mesut war begeistert von der Lernfähigkeit und Beobachtungsgabe seiner jungen Partnerin. Dieser Umstand kam Anna schnell zugute, denn Mesut fand auf der Polizeiinspektion nicht nur bei den weiblichen Kollegen Anklang. Auch seine fachliche Meinung war hochgeschätzt. So führte sein Zuspruch dazu, dass die junge, hübsche Polizistin vom Lande in kürzester Zeit genau das bekam, was sie immer wollte. Einen Platz bei den großen Jungs. Einen Platz in der Mordkommission.
»Er ist es wieder, oder?«, fragte Mesut und seine Gesichtszüge nahmen einen besorgten Ausdruck an. »Genauso, wie du es befürchtet hattest.«
Anna nickte. So schien es zumindest. Er war wieder zurück. Pünktlich zum ersten Advent.

»Wie alt ist das Kind?«, fragte Anna leise.
»Es sind zwei. Herrgott. Zwillinge. Sie sind drei, vielleicht vier. Genau weiß ich es nicht. Hab sie gerade nur kurz gesehen, als Maike sie aus dem Haus geholt hat.«
Anna näherte sich dem Leichnam, hockte sich vorsichtig hin und versuchte vergeblich, einen nützlichen Hinweis an ihm zu entdecken.
Sie seufzte. »Mesut, wir dürfen keine Zeit verlieren. Wenn du irgendetwas gefunden hast, was anders ist als letztes Jahr oder einen Hinweis – irgendwas – dann sag es mir jetzt. Ansonsten muss ich sofort den Chef anrufen.«
»Es tut mir leid«, wiederholte Mesut. »Ich kann dir nicht helfen.«
Anna stand vor dem Haus. Der eisige Wind zischte durch die Straßenzüge. Durch die kalte Luft gefroren ihre Finger. Dabei ihr Handy an ihr Ohr zu halten, war sehr unangenehm. Ihre Finger wurden steif, trotzdem lauschte sie konzentriert den Worten des anderen. Sie stimmte ihm zu. Sie hatte gewusst, dass es nach diesem Mord keine große Überredungskunst ihrerseits brauchen würde.
Sie legte auf. Ihr Chef hatte bestätigt. Er kümmerte sich darum. Die Unterstützung, die sie schon letztes Jahr gebraucht hätte, würde bald kommen.

Kapitel 1

Konzentration.

Drinnen ging das Flurlicht an. Trotz des heulenden Windes konnte der Mann dumpfe Schritte hören, die sich näherten. Ein angenehmes Prickeln erfüllte seinen Körper. Ein wohliges Gefühl, welches sich von seiner Brust bis in alle Extremitäten ausbreitete. Er fühlte keine Aufregung. Er verspürte Vorfreude.

Die Türklinke senkte sich und der Mann setzte auf seine harte Miene seine beste Maske: Ein breites Lächeln.

»Ja?«, Lehmann drückte sein Gesicht durch den Türspalt, den er geöffnet hatte.

Er ist vorsichtig, dachte der Mann. Das wird ihm auch nicht helfen.

Einladend lächelnd präsentierte der Mann Lehmann den Gegenstand.

»Sie kommen mir doch verdammt bekannt vor … dachte ich es mir doch.«

Lehmann schob die Tür weiter auf und machte einen kleinen Schritt über die Türschwelle. Der Mann wusste genau, wie er Menschen positiv in Erinnerung blieb. Der erste Eindruck

musste sitzen. Viel Zeit dafür gab es nie.
Gut aussehen. Nicht zu gut. Angenehm und hygienisch. Ein leichtes Lächeln. Nicht überspitzt. Ein flotter Spruch auf den Lippen. Gerne anzüglich. Ein bestätigendes Nicken. Zum Abschied einen Klaps auf die Schulter.
Und das Wichtigste: Lass sie deine Abscheu nicht spüren.
Auch bei Lehmann zog seine Masche. Er ließ ihn sogar freiwillig ins Haus. Der Rest würde ein Kinderspiel werden.

Montag, 4. Dezember, 17:30 Uhr

Michi

Michael Wehrmann war sechsundfünfzig Jahre alt. Er hatte eine lange Karriere als Ermittler beim Bundeskriminalamt hinter sich. Mehr Leichen gesehen, als ihm gutgetan hätten und aufregende Geschichten erlebt, die sein Haar schon vor einigen Jahren eisgrau gefärbt hatten.

Für seine jetzige Verwendung hatte er sich ursprünglich ausschließlich Büro- und Aktenarbeit vorgestellt. Keine Mordszenen erkunden und Schurken befragen, sondern anhand wissenschaftlicher Methoden aus der warmen Sicherheit einer heizungsnahen Verwendung heraus ein psychosoziales Profil von Gewaltstraftätern erstellen. Dabei müsste er weder seinen Kopf riskieren, noch seine eigene psychische Gesundheit ruinieren. Vor allem nicht in den letzten Jahren vor seiner Pensionierung.

Ehrlicherweise war Michael, der von allen nur Michi genannt wurde, schon lange kein Idealist mehr. Doch wer könnte ihm das verübeln? Erdrückende Datenschutzregelungen und die ständige Prüfung der Nicht-Zuständigkeit deutscher Behörden verwandelten auch den engagiertesten Kriminalkommissar in einen gleichgültigen, besserwisserischen und übergewichtigen Bürokraten, der nichts riskieren würde, um bloß nicht seine Pensionsansprüche zu gefährden.

Hinzu kamen natürlich noch die Menschen, mit denen man

Tag für Tag zu tun hatte. Denn bei all den Überstunden, die man aufgrund von Personalengpässen leisten musste, war es wirklich beinahe Tag für Tag. Michi hatte seit über dreißig Jahren mit den schlimmsten Menschen zu tun, die man sich nur vorstellen konnte. Mörder, Vergewaltiger, Terroristen. Michi war erschöpft von seinem Beruf – seiner Berufung – wie sie es früher immer genannt hatten.
Wenn man täglich in den Abgrund der Menschheit schaut, verändert das jeden. In den meisten Fällen nicht zum Guten. So gesehen fand Michi, dass er sich noch einigermaßen gut gehalten hatte. Immerhin tat er immer das, was notwendig war. Auch wenn es ihm möglicherweise an der früheren Motivation fehlte.
So wie jetzt. Trotz seines geplanten Überstundenabbaus diese Woche machte er sich auf den weiten Weg zu einem Fall, bei dem man nach seiner Expertise verlangt hatte. Anstatt in seinem gemütlichen Sessel vor dem Kaminfeuer damit zu verbringen, einen Roman nach dem anderen zu verschlingen, würde er den nächsten Abgrund der Unmenschlichkeit herabblicken.
Er fühlte sich nicht geehrt, dass man speziell nach ihm verlangt hatte. Schon lange fühlte er sich nicht mehr als jemand Besonderen, obwohl viele, gerade jüngere Kollegen Hochachtung vor seiner Spezialisierung hatten. Michi war Fallanalytiker. Profiler, wie die amerikanischen Serien oder Medien ihn nennen würden. Er hatte es sich zur Aufgabe gemacht, sich in die Gedankenwelt der dunkelsten und durchtriebensten Wesen der Welt hineinzuarbeiten. Serientäter zu fangen, war seine Paradedisziplin. Er war wirklich gut darin.

Doch spielte er, anders als in amerikanischen Serien, nie in der vordersten Reihe mit. Eigentlich betrat er gar nicht das Spielfeld.
Er saß während des Spiels in der Kabine, lauschte dem Radiokommentator und sah sich die Taktiktafel an. Warum spielt jener Spieler im linken Mittelfeld? Wie könnte diese Standardsituation verlaufen, wenn Ronaldo selber schießt? Warum handelt der Trainer, wie er handelt? Und was könnte er als Nächstes machen?
Das waren die Fragen oder so ähnlich, mit denen Michi sich beschäftigte, während die lokalen Ermittler neunzig Minuten über den Platz hetzen mussten und nicht zu verstehen schienen, dass der Ball immer schneller rollen würde, als sie laufen können.
Michis Zug erreichte am späten Abend die Millionenstadt, in der er die nächsten Tage oder sogar Wochen verbringen würde.
Nach sechs Stunden Fahrt mit diversen Fahrtunterbrechungen war er erschöpft und sehnte sich nach einem warmen Tee und einem weichen Bett. So nahm er die Schönheit des modernsten und ordentlichsten Bahnhofs des Landes gar nicht wahr. Eigentlich hätte ihn der Anblick erfreut; schätze er doch Ordnung und Sauberkeit an öffentlichen Plätzen. Vielleicht gerade deswegen, weil die nordrhein-westfälischen Großstädte dies stets vermissen ließen.
Michi zog seinen Koffer den langen Bahnsteig entlang, durchquerte eine Doppeltür und betrat die riesige, hell erleuchtete Bahnhofshalle. Ein angenehmer Duft nach gebrannten Mandeln und Glühwein erfasste seine

Wahrnehmung. Die Halle war weihnachtlich, festlich geschmückt. Ein lebensgroßes Krippenspiel prangte im Eingangsbereich zwischen den Schaltern. Eine großzügig bestückte Hütte mit liebevoll detaillierten Wachsfiguren begeisterte vorrangig die kleinsten Besucher. Schafe, Esel, die drei Heiligen Könige aus dem Morgenland, Maria, das Jesuskind in der Futterschale des Ochsen und natürlich Josef. Josef, der Mann, der seiner Frau geglaubt hatte, dass sie unbefleckt den Sohn Gottes in sich trüge.
Wäre Josef heute ein potenzielles Opfer in seinem neuen Fall?
Eher nicht. Viele Fakten sprachen dagegen. Auch wenn Michi noch nicht viel über die Morde wusste, war ihm immerhin bekannt, dass es sich bei den Opfern um alleinstehende Männer mit Kindern handelte.
Glück gehabt, Josef, lächelte Michi in sich hinein, als er dem alten Mann, der in der hintersten Ecke der Hütte abgestellt worden war, in die Augen blickte.
Er gehörte einfach nicht zum Kern der Weihnachtsgeschichte, er war nur Mittel zum Zweck, damit Maria und ihr ungeborener Sohn in eine glaubhafte und zeitgemäße Begebenheit eingebettet werden konnten. Aber die Geschichte hätte genauso ohne ihn funktioniert.
Ein lautes Grummeln aus seiner Magengegend riss Michi aus seinen Gedanken. Im Hintergrund der dargestellten Szenerie entdeckte er einen Kiosk mit Backwarenverkauf. Ein kleiner Snack war jetzt genau das Richtige für ihn.
Er schritt in einem gemächlichen Tempo zu dem kleinen Geschäft. Ein Laden, dessen Sortiment bunt

zusammengewürfelt schien. Von Zahnbürsten, über Tiefkühlpizza und Pasta, bis hin zu Büchern und Tageszeitungen. Bevor Michi sich den Backwaren zu wendete, studierte er interessiert die regionalen Infoblätter und nahm sich schließlich eines aus dem Regal. Es sollte nicht schaden, einige Informationen aufbereitet durch einen einheimischen Reporter zu betrachten. Auch diese Sichtweise sollte zu einem umfassenden Lagebild immer dazu gehören. Außerdem waren regionale Journalisten in den Gemeinden meistens ausgezeichnet vernetzt und hatten somit Zugang zu Informationen, die den großen Zeitungen und Meinungsverbreitern verborgen blieben.

Michi bezahlte neun Euro und fünfzig Cent für die Zeitung und zwei belegte Brötchen mit extra viel Mayonnaise. Er ärgerte sich über seinen Mangel an Disziplin, als er in den fettigen Teig biss. Er wollte doch langsam wieder auf ein gesünderes Körpermaß runterkommen. Nach dem zweiten Bissen war die Schmach der Niederlage verflogen. Es schmeckte ihm einfach zu gut.

Michi verließ zufrieden vor sich hin kauend das Bahnhofsgebäude und hielt nach abfahrbereiten Taxen Ausschau.

Ein grauhaariger Mann mittleren Alters mit fernöstlichem Migrationshintergrund winkte ihn zu sich.

»Wo soll's hingehen, Meister?«

»City-Hotel, am alten Marktplatz.«

Der Taxifahrer nickte, nahm ihm wortlos den Koffer ab und verfrachtete diesen in den Kofferraum seines Taxis. Er griff auch nach Michis Umhängetasche, aber dieser winkte ab und ließ die Tasche neben sich auf die Rückbank fallen.

Michi hatte keine Lust auf Small Talk und so griff er in seine Ledertasche nach der Tageszeitung. Er durchblätterte sie auf der Suche nach dem aktuellen Mordfall. Das Blättchen hatte eine moderne Aufmachung und verfügte sogar über eine Crime-Rubrik. Die Leute liebten nichts mehr als True-Crime-Geschichten.

Michi schlug diesen Teil der Zeitung auf und fand schnell, wonach er gesucht hatte:

»Rückkehr des Advent-Killers

NORDSTADT. Schreckliche Nachrichten trafen das Herz unserer schönen Metropole am gestrigen Sonntagabend.

Der unbekannte und scheinbar unfassbare Serienmörder, der Nordstadt letztes Jahr heimsuchte, ist zurück. Alles deutet jedenfalls darauf hin.

Gestern Abend gegen 23:00 Uhr meldete die siebenundachtzig-jährige Ulrike M., die mit ihrem Dackel Herbert noch spät vor die Tür musste, dass aus dem Nachbarhaus klagende Kinderschreie zu hören waren. Als auf ihr Klingeln und Klopfen niemand reagierte, wählte die rüstige Rentnerin kurzerhand den Notruf.

Der Rettungsdienst der Feuerwehr und die Polizei verschafften sich Zugang zu dem Reihenhaus und fanden eine schreckliche Szene vor.

Der Hausbesitzer und zweifache, alleinerziehende Vater Erik R. lag tot in seinem Wohnzimmer. Erschlagen mit einem stumpfen Gegenstand.

Das Schrecklichste daran, seine beiden Kinder, knapp dreieinhalb Jahre alte Zwillinge, saßen neben ihrem toten Vater, als die Polizei sie fand.

Spuren oder Hinweise durch Zeugen wurden bis zum Redaktionsschluss noch nicht durch die Polizei veröffentlicht. Auch zog die Polizei bei der eilig einberufenen Pressekonferenz keine Verbindung zur vierfachen Mordserie der letzten Weihnachtszeit, über die wir unsere Leser detailliert unterrichtet hatten.
Auf Nachfrage, ob die Polizei in dieser Richtung ermittle, erwiderte ein Sprecher, dass dies noch voreilig sei und man noch zu wenig wisse, um entsprechende Schlüsse zu ziehen. Es bestehe derzeit kein Grund zur Panik, die Polizei tue alles, was in ihrer Macht stehe, um den tragischen Mordfall schnellstmöglich aufzuklären und den oder die Täter bzw. Täterin zur Rechenschaft zu ziehen, so der Polizeisprecher.
Nun, wenn die Polizei keine Schlüsse ziehen möchte, so werden doch wenigstens wir unsere Leser auf den aktuellsten Stand bringen.
Wer ist der Advent-Killer?
Am 27. November, am ersten Advent des letzten Jahres, wurde in Nordstadt Viktor L. tot in seiner Wohnung aufgefunden. Und er sollte nicht der Letzte sein. Advent für Advent mordete ein unbekannter Täter und ließ niemals irgendwelche Spuren am Tatort zurück. Was er aber jedes Mal zurücklässt, sind Waisen. Denn der krankhafte Killer sucht sich immer denselben Opfertypus: Alleinerziehende Väter.
Die Frage, warum er sich diese spezielle und selten vorkommende Personengruppe zum Ziel seiner Angriffe macht, bleibt genauso unbeantwortet wie sein Vorgehen und seine Identität.
Die Polizei scheint im Dunkeln zu tappen, doch wir …«

»Wir sind da.«
Das Taxi war stehen geblieben.
Der Taxameter zeigte in hellgrünen Lettern die Endsumme ihrer kurzen gemeinsamen Fahrt an.
»Fünfzehn Euro vierzig bitte, der Herr«, nuschelte der Taxifahrer.
Michi wühlte in seinem Portemonnaie nach dem passenden Betrag, rechnete zehn Prozent Trinkgeld drauf und drückte es dem Fahrer in die ausgestreckte Pranke.
»Bitte bleiben Sie sitzen. Ich hole den Koffer schon selbst,« sagte Michi zum Fahrer, der keinerlei Anstalten zum Aussteigen machte.
Ohne eine Verabschiedung oder - ob des großzügigen Trinkgeldes – eines Dankes, wartete der Taxifahrer ungeduldig bis der Kofferraum wieder verschlossen war und machte sich mit quietschenden Reifen aus dem Staub.
Der Kriminalhauptkommissar stand allein in der dunklen Gasse vor seinem Hotel. Die Unterkunft der nächsten Tage. Von außen machte das Gemäuer eher einen schmuddeligen Eindruck, so wie es dastand, ganz beengt und von seinen beiden Nachbarn in die Mangel genommen. Die Fassade zeigte die Schlichtheit des Stils der Zwanzigerjahre. Langweilig, unspektakulär, aber immerhin zur Umgebung passend.
Anders als der neue Hauptbahnhof der Stadt war dieser Bezirk fest in der Hand der Zwanziger- und Dreißigerjahre. Hier und da mal ein abgerissenes und neu erbautes Gebäude, aber grundsätzlich waren die Straßenschluchten von einfachen Putzfassaden durchzogen.
Vielleicht war es der Fall, der ihn hierhergezogen hatte,

vielleicht die kalte, klare Nacht, aber diese Stadt hatte etwas Unheimliches an sich. In der Hoffnung, dass es von innen ansprechender sei, betrat Michi sein Quartier.

Dienstag, 5. Dezember, 09:23 Uhr

»Hatten Sie gestern eine gute Anreise?«, fragte Möllers ihn. Michi seufzte: »Ich bin mit der Bahn gefahren.«

Möllers lachte unsicher. Der Inspektionschef war aufgedreht, aufgesetzt und ging Michi jetzt schon auf die Nerven. Ein typischer Karrierist, dem kein Hintern zu dreckig war, um hineinzukriechen, wenn es nur seinen Weg die Karriereleiter hinauf dienlich wäre.

Natürlich war Michi ihm nicht vorgesetzt. Doch war er ein Gast und Mitarbeiter einer der bedeutendsten Sicherheitsbehörden des Staates. Mit Kooperationen unter verschiedenen Behörden, insbesondere mit Sicherheitsaufgaben, konnte man sich immer gut profilieren und sie wurden von jeder Behördenleitung hoch priorisiert und geschätzt. Immerhin würde Möllers Michi nicht unnötig Steine in den Weg legen. Wenn er nur nett zu ihm war und ihn glauben ließ, in den höchsten Tönen von seiner Polizeiinspektion zu sprechen, würde Möllers jeden seiner Schritte mitgehen. Für die Sache ist so ein Karrierist also nicht immer von Nachteil. Man musste nur wissen, wie man ihn für das eigene Spiel nutzte. Persönlich allerdings fand Michi Typen wie Möllers einfach nur zum Kotzen.

»Wir haben ein Büro für Sie freigeräumt und Ihnen Frau Lösing als Verbindungsbeamtin zugewiesen«, schleimte Möllers. »Sie ist jung, aber pfiffig und war seit Beginn an den Ermittlungen beteiligt.«

»Und wer gehört noch zum Ermittlungsteam?«, erkundigte

sich Michi.
»Na ja, das ist so eine Sache.« Unruhig kratzte sich Möllers durch den dünnen Bart. »Wir haben derzeit immense Personalprobleme. Es waren ursprünglich drei Kommissare an der Sache dran, aber die Ermittlungen wurden zunächst – na ja – quasi stillgelegt.« Er räusperte sich. »Na ja, macht ja keinen Sinn, um den heißen Brei herumzureden. Ein Mann wurde aufgrund persönlicher Belange nach Stuttgart versetzt und der andere Kollege ist gesundheitlich ausgefallen und auf ein schnelles Genesen können wir leider nicht hoffen.«
Mit einem aufgesetzten matten Lächeln ergriff Michi Möllers Unterarm und ließ ihn verständnisvoll wissen:
»Wir haben doch alle die gleichen Probleme. Es wird schon irgendwie gehen. Ich stehe Ihnen beratend zur Seite, aber ich werde mich nicht aktiv in Ihre Ermittlungen einmischen.«
»Gut«, sagte Möllers mit dem Blick eines Mannes, der sichergehen wollte, dass soeben Gesagtes unter ihnen beiden bleiben würde.
»Gehen wir direkt in Ihr Büro, dann können Sie Frau Lösing kennenlernen und sie kann Sie dann auf den aktuellen Stand bringen.«
»Sehr gerne, Herr Möllers. Gehen Sie voran.«
Aufgrund der neuesten Baumaßnahmen in der Polizeiinspektion in Nordstadt, die Verbindung eines Altbaus mit einem neuen Anbau, sah kein Flur aus wie der andere.
Gemeinsam schritten die beiden Männer durch den Gebäudekomplex und Michi stellte für sich fest, inhaltlich war es aufgebaut wie jedes andere Polizeigebäude im Land. Nur dass der alte Teil, in den ihn Möllers führte, aufgrund der

hölzernen, dunklen Innenarchitektur gemütlicher wirkte als die meisten Behördentrakte, in denen er bisher gewesen war. Möllers blieb abrupt stehen. Zimmer zweihunderteins. Michis Arbeitsraum. Die Tür war geschlossen. Möllers schickte sich anzuklopfen, als sich im selben Moment die Tür von innen öffnete.
Eine junge Frau, vielleicht Mitte oder Ende zwanzig, stand in der Tür. Sie hatte lange, brünette Haare, die sie in einem geschwungenen, hohen Zopf zusammengesteckt hatte. Ihr Gesicht war ungeschminkt und schien makellos zu sein, mit Ausnahme kleiner Lachgrübchen, die ihre vollen roten Lippen umrahmten. Ihre Augen waren grünblau getupft und wären genauso atemberaubend schön gewesen, wie der Rest der Polizistin, doch Michi sah nur tiefe Trauer und Leere in ihnen. Anna Lösing schien kurz erschrocken vom plötzlichen Auftauchen der Besucher, fing sich aber schnell und setzte ein Lächeln auf, das so unecht und angestrengt war, dass es das erschöpfte, aber dennoch hübsche Gesicht zu einer merkwürdigen Fratze verzog.
»Moin. Sind Sie, Herr Wehrmann? Ich bin Anna Lösing. Gerne, Anna. Bitte, kommen Sie rein.«

Kapitel 2

»Bitte, kommen Sie rein.«

Hatte Lehmann gesagt.

Der Mann nickte ihm dankend zu und überschritt die Türschwelle.

»Ich möchte mich nicht aufdrängen«, log der Mann und ließ die Tür hinter sich ins Schloss fallen.

Der Eingangsflur, in dem er nun stand, war kurz. Von hier aus gab es drei Wege. Hinter ihm die Eingangstür. Links führte eine hölzerne Wendeltreppe nach oben. Rechts ein Durchgang in den Wohnbereich des Erdgeschosses.

Lehmann stand vor ihm und legte strahlend den Gegenstand, den er eben zurückerhalten hatte, auf die kleine Anrichte neben dem Treppenaufgang.

»Ich bin Ihnen so dankbar, dass Sie den weiten Weg vom Stadtzentrum hierher gemacht haben, um ihn mir zurückzubringen. Ich hätte jetzt kurz vor Weihnachten echt keine Lust gehabt, mich mit dem Amt und irgendwelchen Anträgen auseinanderzusetzen.«

Der Mann schaute ihn verständnisvoll an: »Ich kann mir vorstellen, dass es gerade in der Weihnachtszeit stressig mit dem

Kleinen und dem Job ist. Daher bin ich auch selbst hergekommen. Ich hatte mich daran erinnert, dass Sie gesagt hatten, alleinerziehend zu sein.« Er machte eine kurze Pause, dann lächelte er breit. »Außerdem wohne ich in der Gegend.«
Lehmann lächelte zurück. Dann wurde er hektisch.
»Toll, vielen Dank. Darf ich Ihnen etwas anbieten? Einen Tee oder wollen Sie vielleicht einen Finderlohn?«
Der Mann schwieg kurz, als dächte er ernsthaft über das Angebot nach. In Wahrheit lauschte er auf Geräusche. Ein leises Poltern, das von oben zu kommen schien.
Er wusste, dass er gleich den nächsten Schritt machen musste. Es würde leicht werden. Das Kind war oben, abgelenkt, Lehmann war ihm körperlich unterlegen und er würde gleich vorangehen, um ihm einen Tee aufzubrühen. Dann würde er hinter seinem Opfer sein.

Dienstag, 5. Dezember, 11:30 Uhr

Anna und Michi

»Das heißt«, fasste Michi zusammen: »Er verschafft sich Zugang zu den Wohnungen, betäubt das Opfer, sucht dann die Kinder, betäubt auch die. Dann schleift er das Opfer ins Wohnzimmer und zermatscht ihnen mit einem Gegenstand, den er in der Wohnung findet, das gesamte Gesicht. Er hat letztes Jahr am ersten Advent begonnen und tötete viermal. Dann verschwindet er und wartet elf Monate, bis er wieder am ersten Advent mordet. So weit, richtig?«

Anna nickte. Sie nippte an ihrem Kaffee und ergänzte: »Soweit wir es für die Opfer aus dem letzten Jahr sagen können, gehen wir davon aus, dass er wartet, bis die Opfer aufwachen, bevor er sie zu Tode prügelt.«

»Wow«, machte der Profiler: »Sieht aus, als bekäme der Grinch ernsthafte Konkurrenz.«

Anna wollte nicht lachen. Der Fall ging ihr echt nahe. Hatte tiefe Spuren an ihrer Seele hinterlassen. Aber dieser flache Witz löste etwas Befreiendes in ihr aus und so fing sie an zu lachen und als der Kollege einstimmte, lachte sie so losgelöst, wie sie seit einem Jahr nicht mehr gelacht hatte.

Als sie sich wieder beruhigt hatten, trat eine kurze peinliche Stille ein.

Anna blickte den neuen Kollegen abschätzend an. Sie wusste noch nicht so recht, was sie von ihm halten sollte.

Er war sehr höflich und nett zu ihr gewesen, ja. Aber er wirkte auch irgendwie - er hatte etwas an sich - sie konnte es noch nicht ganz greifen.
Sie kannten sich seit zwei Stunden. Außer Namen hatten sie nichts Persönliches ausgetauscht, nur über den Fall gesprochen. Vielleicht war es das. Vielleicht war es seine stumpfe, sachliche Art. Vielleicht auch der leise Verdacht, dass er etwas verbarg. Keine Information zum Fall. Sondern eine Wahrheit. Eine Wahrheit über ihn selbst. Etwas, was er schon selbst nicht mehr wusste.
»Was wollen Sie als Nächstes tun?«, fragte Michi sie.
»Ich muss um 13:00 Uhr in der Rechtsmedizin sein. Sie können mich begleiten, wenn Sie wollen. Danach muss ich diverse Zeugen befragen. Vorher würde ich Ihnen die Akten des letzten Jahres aus dem Archiv holen.«
Michi seufzte: »Sind die etwa nicht digitalisiert?«
Anna lachte wieder auf: »Sie sind ein echter Scherzkeks, oder?«
»Ich hatte es schon fast erwartet«, klagte der Neue. »Aber manchmal wird man ja auch positiv überrascht.«
»Das tut mir leid, aber unsere Bürokraft, die für die Digitalisierung der Akten verantwortlich ist, befindet sich in Elternzeit und die Zusatzbelastung kann keiner übernehmen.«
»Verständlich.« Michi stimmte ihr zu, dann fragte er: »Wie weit ist es zur Gerichtsmedizin?«
»Dreißig Minuten.«
Michi dachte kurz darüber nach, ob es den Aufwand wert war. Was würde er Entscheidendes erfahren, wenn er selbst in der Leichenhalle stünde? Nichts. Andererseits schien die

junge Polizistin keinen Partner zu haben und sie brauchte dringend jemanden, der auf sie achtete.
»Dann lassen sie uns doch direkt los, dann können wir auf dem Weg noch zum Mittagessen.«
Anna zögerte, da sie nicht unhöflich erscheinen wollte: »Ich wollte eigentlich vorher nochmal die Akten des letzten …«
»Nein.« Unterbrach Michi sie bestimmt. »Ich dulde keinen Widerspruch. Ich bestehe darauf, Sie zum Essen einzuladen.«
»Dann habe ich wohl keine Wahl«, gab Anna auf und verspürte umgehend, wie das Gefühl der Dankbarkeit in ihr aufkam.

Dienstag, 5. Dezember, 13:00 Uhr

Die vollgestopften Straßen der Großstadt hatten ein gemütliches Mittagessen zum Kennenlernen verhindert. Doch waren die beiden Ermittler zum Auflösen der unangenehmen Stille im Auto gezwungen worden, Konversation miteinander zu betreiben.

So erfuhr Anna über ihre Unterstützung, was sie befürchtet hatte. Auch wenn Michi es im ersten Eindruck sich nicht hatte anmerken lassen, so schien er einer dieser Beamten zu sein. Ein Mann, der nur noch tat, was nötig war, keine Risiken eingehen wollte und lieber im trockenen warmen Büro saß, als im Trubel eines Einsatzes Fehler machen zu können. Sie verstand auch, woher diese Stimmung in ihm kam. Doch als junge, engagierte Idealistin wollte sie es nicht akzeptieren.

Michi war nicht zurückhaltend. Er offenbarte seine Einstellung zügig. Vielleicht, um keine falschen Hoffnungen zu wecken. Er war hier, um Akten zu durchstöbern, einen Bericht zu verfassen und sich wieder zu verdrücken.

Doch irgendwas an ihm ließ sie in dem Glauben, dass es tatsächlich nicht derjenige war, der er vorgab zu sein.

Und so verzichtete sie auf eine Konfrontation mit Diensteid und einen Streit über den eigenen Anspruch, den ein jeder Polizist Tag für Tag aufbringen müsse. Denn bei jedem Außeneinsatz, vor dem er sich drückte, würde ein anderer Kollege den Kopf hinhalten müssen.

Das Rechtsmedizinische Institut der Stadt befand sich am

Rand des ausladenden Stadtparks. Die Abteilung, die von Dr. Philipp Meinhardt geführt wurde, war Teil der medizinischen Universität.

»Anna.«, begrüßte sie der pummelige, kleine Mediziner. »Wie geht es dir? Wie ich sehe, heute mit einem Partner. Endlich nicht mehr alleine?«

»Das ist nur vorübergehend, Herr Doktor«, antwortete Anna. »Darf ich vorstellen? Michael Wehrmann, Fallanalytiker vom Bundeskriminalamt, das ist Dr. Mainhardt, Leiter der rechtsmedizinischen Abteilung.«

»Sehr erfreut«, nickte Michi dem Arzt zu.

»Gleichfalls.« Meinhardt lächelte breit. Eigentlich war der Mann viel zu fröhlich für jemanden, der Tag für Tag Leichen zerlegte. Aber jeder Mensch hat einen Fetisch. Immerhin konnte dieser mit seinem noch etwas Gutes bewirken.

»Profiler, hä?«, sagte Mainhardt: »Sehr interessant. Was würde ich dafür geben, mit Ihnen einen Kaffee zu trinken und Ihren Geschichten zu lauschen.«

»Sie wären enttäuscht. Beim spannenden Höhepunkt der Geschichte werden Sie mich nirgends finden«, entgegnete Michi ihm. »Gegen den Kaffee hätte ich natürlich trotzdem nichts, aber leider befürchte ich, dass wir dafür keine Zeit finden werden.«

»Allerdings«, warf Anna ein. »Wir haben keine Zeit zu verlieren. Herr Dr. Mainhardt, bitte, was haben Sie herausgefunden?«

»Folgen Sie mir«, befahl der Mediziner. Durch die kühlen, weiß gestrichenen Klinikkeller gingen die drei in ein großes Eckbüro. Unterlagen wild verteilt über Schränke und Tische.

Chaos. Anna hoffte inständig, dass der Arzt hier keine Fälle vermischte und Sie nachher die Befunde einer achtzigjährigen Dame bekämen.
»Also«, wandte sich Mainhardt den beiden Ermittlern zu: »Ich möchte Ihnen erstmal die Hoffnung nehmen, dass Sie von mir große Antworten bekommen. Außerdem, wie Sie es schon wissen, Anna, ist das nur ein vorläufiger Befund. Der vollständige Bericht wird erst in einigen Tagen an die Staatsanwaltschaft überstellt.
Was ich Ihnen aber eindeutig bestätigen kann, ist, dass es sich um haargenau dieselbe Vorgehensweise handelt, wie bei den früheren vier Fällen.«
Mainhardt kramte aus dem Wirrwarr des Papierstapels vor ihm überraschend gezielt eine Akte heraus, dann fuhr er fort. »Ich habe ihn durch den Computertomographen gejagt und die Leichenschau an der Oberfläche bereits durchgeführt, einen Bluttest habe ich beauftragt, aber auf das Ergebnis muss ich noch warten.
Weitere Tests darf ich auch allein nicht durchführen und Dr. May ist bis morgen im Urlaub.«
IST DAS IHR ERNST! Wollte Anna ihn anbrüllen. Sie konnte diese fröhliche Nüchternheit des Mannes nicht ertragen. Wusste er nicht, worum es geht?
Sie hatten keine sechs Tage mehr, um die nächste Katastrophe zu verhindern.
Doch durfte sie sich nichts anmerken lassen. Immerhin umgingen sie hier schon den offiziellen Dienstweg. Sie schluckte ihren Zorn hinunter und stopfte ihn in das Fass, das schon maßlos überfüllt war.

Der Arzt hatte Annas inneren Konflikt nicht bemerkt. Michi hingegen war der hochrote Kopf nicht entgangen.

»Der Todeszeitpunkt war Sonntag, 20:23 Uhr.«, fuhr der Mediziner unbeirrt fröhlich fort, ganz so, als würde er eine Speisekarte vorlesen.

»Todesursächlich war eine vielfache stumpfe Gewalteinwirkung auf den frontalen Hirnlappen und damit die Quetschung der mittleren Hirnschlagader. Der Täter muss über enorme Schnellkraft verfügen. Ich habe einen Querbruch an der Schädelbasis festgestellt. Sowas finden wir normalerweise bei Tritten gegen den fixierten Kopf.«

»Warum schließen wir Tritte bei unserem Opfer aus, Doktor?«, fragte Michi.

»Ah, immer auf Zack, unser Profiler, he?«, gluckste Mainhardt.

»Die Verletzungen zeigen keine schuhähnlichen Abdruckmuster. Es wäre maximal möglich, aber kaum vorstellbar, dass der Täter sich einen Gegenstand vor den Schuh befestigt hat und damit zutrat. Aber wie gesagt, das halte ich für abwegig. Nein, ich vermute einen äußerst durchtrainierten Mann hinter der Tat, der mit einem kleinen Gegenstand sein Massaker angerichtet hat.

Was die Tatwaffe anbelangt, so sprechen mehrere Stanzbrüche an der Schädelbasis auf einen Gegenstand mit geringer Auflagefläche, möglicherweise ein Hammer. Die profilierten Muster auf der Haut sprechen für einen Fleischerhammer. Also sollte die Spurensuche nochmal in der Küche nachsehen.«

Anna seufzte, keine neue Erkenntnis bis hierher.

»Wie oft hat er zugeschlagen?«, fragte sie.
»Mindestens zehn oder elf Mal. Genau kann ich es noch nicht sagen. Und ich weiß, was Sie fragen wollen.« Anna hatte ihren Mund in der Tat schon wieder geöffnet.
»Das Blutbild ist wie gesagt noch nicht aus dem Labor zurück, aber ich habe eine Stichverletzung in der Arteria Carotis, der Halsschlagader, gefunden. Sie wurde dem Opfer vor der Gewalttat zugefügt. Ich wette, dass ich die morgenfrüh auch bei seinen Kids finde.«
Die beiden Ermittler saßen wieder im Auto vor dem Universitätsgebäude.
»Was für ein abscheuliches Vorgehen, findest du nicht?«, fragte Anna an Michi gewandt.
»Mhm«, machte Michi, der die Kopien der Obduktionsberichte der letzten fünf Opfer des sogenannten Adventmörders durchstöberte.
»Wow, du bist ja ein echter Empathie König.« Anna schmeckte es nicht, dass Michi sich absolut nichts anmerken ließ. Die ganze Zeit, während sie bei Dr. Mainhardt gewesen waren, hatte er ganz entspannt zu gehört und vereinzelt sachliche Fragen gestellt. Wie konnte man nur so ruhig bleiben, wenn dieser selbstverliebte Möchtegern-Krebsheiler von seinen tollen Befunden schwafelte und seine Arroganz in jeder seiner Silben mitschwang.
»Weißt du, was mein Job hier ist, Anna?«, fragte Michi sie ernst.
»Ich hatte gehofft, du schaust dir die Akten an, begleitest mich und gibst mir psychologisches Feedback zum aktuellen Ermittlungsstand.«

»Nein, ich meine ganz praktisch. Was glaubst du, wie ich arbeite?«
Emotionslos scheinbar, dachte Anna. Doch sie zuckte nur mit den Schultern.
»Ich erarbeite ein psychologisches Profil des Täters anhand vorliegender Fakten. Ich versuche mich, mich emphatisch in den Täter einzufühlen. Ich will denken, wie er denkt, fühlen, wie er fühlt. Ich will ihn verstehen. Dann bin ich vielleicht in der Lage zu folgern, was er als Nächstes tun könnte. Nur dafür muss ich diesen Perspektivwechsel zulassen.«
Sie blickte ihn zweifelnd an.
»Ich sehe, du bist noch nicht so weit, Anna. Und ich erwarte das auch nicht von dir. Du siehst die Opfer, die zurückgelassenen Kinder, du siehst das Leid. Das verstehe ich und ich respektiere deine Art auf den Fall zu blicken. Wie sonst solltest du die Motivation aufbringen, deine Seele mit der Qual anderer immer weiter zu belasten? Aber ich mache das bewusst nicht. Mich berühren die Opfer nicht. Denn mein Job ist es, durch die Augen des Täters zu sehen. Verstehst du mich?«
Anna nickte. Sie verstand. Michi war nicht durch die jahrzehntelange Polizeiarbeit abgestumpft. Er war wie ein Schauspieler, der sich für eine Rolle sechs Monate vor Beginn der Dreharbeiten in ein Motel einmietete, seinen privaten Luxus vergaß und wie ein Vagabund hauste, um sich in seinem Charakter wiederfinden zu können. Nur hatten sie keine sechs Monate mehr.

Kapitel 3

Lehmann ging voran.

Der Flur war lang, eng und verziert mit Gemälden aus einer längst vergangenen Zeit. Der Mann ging langsam hinterher. Er würde den richtigen Moment abpassen. Wahrscheinlich war es noch nie so einfach wie heute Abend.

Ein wahrer Jackpot. Das Kind war oben. Lehmann, freundlich und aufgeschlossen.

In der Vergangenheit hatte er schon an der Türschwelle die Spielregeln verändern müssen. Immer, wenn sein Opfer nicht auf seine gesäuselte Freundlichkeit und den braven Finder hereinfielen. Da kamen ihm dann seine breiten, trainierten Schultern zugute. Mit aller Kraft hatte er sich in die Tür geworfen und sein Gegenüber stets überrascht. Natürlich war auch die Wahl des Opfers der erste Schritt zum Erfolg. Besonders wählerisch konnte der Mann zwar nicht sein, aber kräftigere Männer, als er selbst es war, gab es zum Glück seltener unter den alleinerziehenden Vätern. Zum einen, weil er mit seinen ein Meter fünfundneunzig und einhundertfünf Kilogramm schon eine beeindruckende Wand darstellte, zum anderen, weil die Väter schlicht keine Zeit

fanden, um sich neben Beruf und Kindererziehung auch noch um das Stemmen von Gewichten zu kümmern.
Sei es drum. Heute lief vor ihm ein kleiner, mickriger Mann.
Lehmann blieb in der Küche stehen. Wies freundlich auf einen der Küchenstühle und wandte sich wieder ab, um aus dem Regal eine Teekanne zu heben.
Sollte der Mann sich jetzt hinsetzen, wäre der Vorteil des Überraschungsmomentes von dannen.
Er wollte nicht mehr warten. Das war der Moment. Jetzt musste er handeln.
Er ergriff die kleine Spritze in seiner Hosentasche und pirschte sich von hinten an Lehmann heran. Geschwind umfasste mit seiner linken Pranke das Gesicht seines Opfers. Mit einem Ruck riss er dessen Kopf nach hinten. Mit der rechten Hand setzte er die Spritze an. Dann stach er zu. Gekonnt traf er sofort sein Ziel. Er presste den Kolben der Spritze nach unten. Die Flüssigkeit versackte in der Vene.
Lehmann fing kurz an zu zappeln. Als wenn er eine Chance gehabt hätte.
Dann brach er zusammen.
Wie ein kleines Kind fiel er in Mutters Arme. Nur waren es nicht Mutters Arme.

Sonntag, 10. Dezember, 14:00 Uhr

Anna

In nur wenigen Stunden würde es dunkel werden. Die letzten Stunden, um einen rettenden Geistesblitz zu bekommen, liefen an. Der Countdown, bis der Adventmörder wieder zuschlagen würde. Ausgeschlossen, dass es anders käme.
Anna war verzweifelt. Sie sah kein Licht am Ende des Tunnels.
Verzweiflung mischte sich mit Frust.
Wozu lässt man sich einen Fallanalytiker vom BKA kommen, wenn er zu keinem Ergebnis kommt?
Im nächsten Moment fühlte Anna sich schuldig für diesen Gedanken. Michi traf keinerlei Schuld.
Sie hatte keine Beweise gefunden, die er hätte verwerten können. Hätte sie gründlicher, einfach besser, gearbeitet, wären ihr möglicherweise Beweise oder wenigstens Hinweise in die Hände gefallen, die sie nun auf die Spur des Täters führen würde.
Wenigstens hätte auch Michi ein konkreteres Profil erstellen können.
Weil nicht ausreichend viele Hinweise vorlagen, fokussierte Michi seine Arbeit auf die Opferauswahl. Er verglich ausführlich die Persönlichkeitsprofile der ermordeten Männer miteinander, um mögliche Schlüsse auf das nächste Opfer ziehen zu können und dem Mörder das nächste Mal einen

Schritt voraus zu sein.
Weiter waren sie dadurch aber auch noch nicht gekommen.
Seit sie vor fünf Tagen die Rechtsmedizin gemeinsam verlassen hatten, trennten sich Michis und Annas Wege zunächst.
Nachdem Anna ihm alle Akten aus dem Archiv beschafft hatte, vergrub Michi sich tagelang in den Mordfällen des letzten Jahres. Sieben Kartons umfassten die zusammengetragenen Informationen der Kriminalpolizei. Dabei waren Berichte über Tatortbegehungen, Gutachten der Rechtsmediziner, Zeugenvernehmungen und Anfragen an andere Sicherheitsbehörden zum Abgleich mit ähnlichen Fällen.
Das Büro, das ihm zur Verfügung gestellt worden war, welches noch am Dienstag einen feinen, geordneten und aufgeräumten Eindruck gemacht hatte, entsprach jetzt eher dem Charakter einer Rumpelkammer.
Insgeheim hatte Michi schon Muffensausen vor den Aufräumarbeiten.
Eine der fensterfreien Wände hatte er zu einer Falltafel umfunktioniert. Fäden zogen sich hier von Zeugenaussagen, über Tatortbilder und Opferprofilen.
An einer anderen Wand hing eine detaillierte Karte der Nordstadt. Hier führte Michi das geografisch-psychologische Profil. Die Verbindungen zwischen den jeweiligen Opfern und ihren häufig besuchten Orten des täglichen Lebens sollten Rückschlüsse auf Gemeinsamkeiten und Unterschiede zwischen den Individuen zeigen.
Auf dem Boden verteilt lagen unzählige Fotos und auseinander gerupfte, mit Farbstiften markierte Berichte verstreut.

Auf den beiden aneinander geschobenen Schreibtischen standen leere Colaflaschen, benutztes Geschirr und Kaffeebecher mit angetrockneten braunen Rändern.
Kritik an seinem Ordnungssinn ließ Michi nicht zu. Auch wenn sich aus Angst, dem Gast gegenüber unhöflich zu erscheinen, niemand kritisch zu äußern wagte, so hatte er mehrfach verachtende Blicke geerntet.
Natürlich war ihm seine Unordnung nicht entgangen, doch Michi verstand es, Ordnung im Chaos zu sehen. Der Erfolg gab ihm Recht.
Bislang ließ der Erfolg noch auf sich, musste er im Stillen zugeben.
Während Michi sich die Augen wund las und versuchte, unter der Masse der Aufzeichnungen die Nadel im Heuhaufen zu finden, verbrachte Anna die Zeit damit, den letzten Tatort Zentimeter für Zentimeter gemeinsam mit der Spurensicherung zu durchkämmen.
Außerdem versuchte sie, Zeugen des jüngsten Mordes aufzufinden. Jemanden, der in der Nachbarschaft unterwegs gewesen war, in der Mordnacht und vielleicht etwas gesehen oder wenigstens gehört hat. Mit Unterstützung der Kollegen aus dem Schutzdienst befragte sie fünfundzwanzig Personen. Sie wertete Bilder von Überwachungskameras aus.
Alles ohne Erfolg.
Nun war wieder Sonntag. Der zweite Advent. Der nächste Mord war sicherlich schon gut geplant und vorbereitet.
Anna betrat erschöpft und völlig übermüdet ihre kleine Singlewohnung am südlichen Stadtrand.
Sie hatte die letzte Nacht im Büro damit verbracht, die

Vernehmungsberichte der letzten Zeugenaussagen zu verfassen.
Jetzt schlurfte sie antriebslos durch den Flur in die Küche. Im Spülbecken sammelten sich stapelweise schmutzige Teller und Gläser an. Sie öffnete ihren Kühlschrank und blickte enttäuscht hinein.
Er war leer. Seit Tagen war sie nicht mehr einkaufen gewesen. Sie konnte sich nicht mehr daran erinnern, wann sie das letzte Mal selbst, frisch gekocht hatte. Und dass, obwohl sie sich noch daran erinnerte, wie gerne sie mit ihrem ehemaligen Freund Mario gemeinsam gekocht hatte.
Mario war eigentlich ein Glücksfang gewesen. Witzig, gutaussehend und verständnisvoll. Der perfekte zukünftige Ehemann und Vater ihrer Kinder. Doch kam es nie dazu. Sein Verständnis mit ihrer Arbeit war groß gewesen, aber nach vier durch ihre Schuld versäumte Dates hatte er sich eine Frau gesucht, die ihn mehr zu schätzen wusste.
Annas Wangen wurden heiß. Tränen liefen an ihnen hinunter. Was war nur aus ihr geworden? Sie war doch immer so fröhlich gewesen. Und nun? Ein emotionales Wrack. Alleine. Erfolglos in ihrem Beruf. Mit schrecklichen Folgen.
In einer der Küchenschubladen fand Anna noch eine Schachtel mit Müsliriegeln. Sie griff danach, ignorierte das bereits seit langer Zeit abgelaufene Mindesthaltbarkeitsdatum und ging wie in Trance ins Wohnzimmer. Die Tränen flossen nun unaufhaltsam über ihr Gesicht. Sie ließ sich auf das rote Ledersofa fallen und fing hemmungslos zu weinen an. Verzweifelt brüllte sie ihren Kummer in die dunkle Stille der leeren, einsamen Wohnung hinaus. Die Müsliriegel lagen

unberührt auf dem Boden, als Anna einschlief.
Anna ging einen dunklen Flur entlang. Der Lichtkegel ihrer Taschenlampe wurde von der Dunkelheit verschluckt. Obwohl sie das Ende des Ganges nicht sah, ging Anna langsam weiter.
Ein dumpfes Platschen ertönte von vorne. Als wäre jemand mit schweren Stiefeln in eine schlammige Pfütze getreten.
Sie zog ihre Dienstwaffe aus dem Holster an ihrem Gürtel.
»Hallo? Ist da jemand?«, rief sie mit zittriger Stimme ins Dunkel.
Keine Antwort. Da, nochmal das Geräusch. Dann wieder Stille.
Wenn es doch nur nicht so dunkel wäre.
Anna ging weiter. Hinein in die Dunkelheit. Erneut das Geräusch. Doch diesmal lauter als zuvor.
»Hier ist die Polizei! Geben Sie sich zu erkennen!« Ihre Rufe verhallten in dumpfer und erdrückender Stille.
Der kreisrunde Lichtkegel traf endlich auf einen festen Gegenstand. Vor ihr materialisierte sich ein Türrahmen aus der Dunkelheit. Anna zögerte. Sollte sie Verstärkung rufen?
Nein. Sie hatte keine Zeit. Etwas war in diesem Zimmer. Etwas Wichtiges.
Sie konnte nicht mehr abwarten und schritt hindurch. Hinein in die Schatten, die Waffe im Anschlag.
Ihre Augen suchten nach etwas Solidem. Einem Punkt, an dem sie sich orientieren konnte. Nichts. Absolute Schwärze.
Dann wieder das Geräusch. Es war ganz nah. Im nächsten Moment flackerte in der Ferne ein Licht auf. Es war gut fünfzig Meter entfernt. Da, wieder. Sie konnte die Quelle des

Lichts nicht erkennen. Aber sie ging entschlossen darauf zu, auch wenn sie ihr Umfeld nicht erblicken oder erfühlen konnte. Wo zum Teufel war sie?
Das flackernde Licht kam schneller näher, als ihr Lauftempo es möglich gemacht hätte. Mitten in der schwarzen Leere eines schier unendlichen Raumes stand eine alte Leselampe. Sie stand auf einem hässlichen roten Perserteppich. Doch war er nicht wirklich rot. Erik Reimer lag auf dem Rücken. Arme und Beine weit von sich gestreckt.
Er zuckte zusammen. Die Lampe flackerte und ging aus.
Anna zuckte zusammen. Die Lampe war wieder an.
Auf Reimer kniete ihr den Rücken zugewandt ein großer kräftiger Mann in einem langen schwarzen Mantel.
Mit der linken Hand fixierte er Reimers Kopf. Mit der rechten hob er einen kleinen Fleischerhammer. Blut tropfte den Stiel des Hammers herunter.
»Nein!«
Der Mann von Annas plötzlichem Aufschrei abgelenkt hob seinen von einer Kapuze verhüllten Kopf und senkte den Hammer. Er wandte sich langsam zu ihr um.
Anna zitterte am ganzen Körper.
Der Mann warf seinen Kopf in den Nacken:
»RING!«, schrie er tiefer markerschütternder Stimme.
»Polizei! Lassen Sie den Hammer fallen!«, befahl Anna ihm.
Er drehte sich vollständig zu ihr um: »RING!«, brüllte er sie an.
Seine Grimasse wurde immer bedrohlicher. Er fletschte scharfe Zähne, wie die eines Wolfes. Ein Monster.
Das Monster stand auf und hob den Hammer.

Anna wusste nicht, wie ihr geschah. Sie war wie gelähmt.
Das Monster rannte los. »RING!«
Anna hob ihre Waffe und schoss.
RING.
Anna schreckte hoch. Sie war schweißgebadet.
RING.
Ihr Handy war noch in ihrer Hosentasche.
RING.
»Ja. Hallo?«
»Anna? Hier ist Michi. Können wir uns treffen? Ich habe vielleicht etwas gefunden.«

Sonntag, 10. Dezember, 16:01 Uhr

Einen Fahrstuhl gab es nicht. Die hölzerne Wendeltreppe knarzte, als Anna durch das Treppenhaus in den zweiten Stock marschierte. Das Hotel war dunkel und in den Ecken der Flure entdeckte Anna eine Menge Spinnweben, doch der alte purpurne Teppichboden und die Kronleuchter an der Decke vermittelten einen angenehmen Charme. Sie könnte sich hier wahrscheinlich sogar wohlfühlen.

Weil Sonntag war, hatte Michi nicht ins Büro fahren wollen und stattdessen Anna in sein Hotelzimmer gebeten.

Am Telefon hatte er sich sehr bedeckt gehalten, so wuchs in Anna auf der Fahrt zum Hotel die leise Hoffnung, dass Michi nach rund fünf Tagen nun endlich Ergebnisse liefern könnte.

Sie blieb vor einer Zimmertür mit der großen Messing-Zahl Zweihundertzwölf stehen. Durch die Tür hörte sie leises Papierrascheln im Innern des Zimmers. Sie klopfte dreimal in schneller Abfolge.

Das Rascheln verstummte. Sie hörte schlurfende Schritte näherkommen. Die Tür öffnete sich.

Michi, der sein Hemd aus der Hose gezogen hatte, so dass es weniger gespannt seinen dicken Bauch verdeckte, winkte sie herein.

Das Zimmer war klein. Ein Bett, ein winziger Schreibtisch, zwei Sessel, ein Beistelltisch und ein Schrank, der in die Wand eingelassen war. Zwischen den Möbeln waren teilweise nur wenige Zentimeter Platz, um sich hindurchzuzwängen.

Neben der Eingangstür versperrte eine angelehnte zweite Tür den Blick in das Badezimmer. In der einzigen freien Ecke des Zimmers stand ein schwarzer Rollkoffer.
Im Gegensatz zum Flur des Hotels wirkte das Zimmer geradezu penibel gesäubert.
Der Schreibtisch war weitestgehend leer. Auf dem Bett lagen ein Schreibblock, einige Stifte und Zettel verteilt. Offensichtlich hatte Michi hier noch bis gerade gearbeitet.
Er wies auf einen der beiden Sessel. »Bitte, setzt dich, Anna.«
Sie setzte sich.
»Anna, ich habe ein Täterprofil entwickelt, was uns eventuell weiterhelfen kann.«
»Und?«, fragte sie ungeduldig.
Michi griff nach seinem Schreibblock, blätterte ein paar Seiten um und setzte sich an den Rand seines Bettes.
»Ich möchte vorab und ich weiß, die Zeit brennt, noch einmal einordnen, was mein Job hier ist und wie ich unterstützen kann.«
»Michi«, unterbrach Anna ihn forsch. Sie hatte kaum und unruhig geschlafen. Ihre Nerven lagen blank.
»Bei allem Respekt für deine Arbeit, mit der du bestimmt schon vielen Menschen geholfen hast, aber wir haben keine Zeit mehr. Es wird schon dunkel und falls du es nicht bemerkt hast, wir haben den zweiten Advent. Ich habe seit Tagen nichts von dir gehört und jetzt wollen wir ganz entspannt ein Profil besprechen. Der Täter wird nicht umsonst Adventmörder genannt. Es wird zu spät sein.«
Sie atmete schwer und funkelte ihn böser an, als es

angemessen war. Michi hatte nichts falsch gemacht.
Er ließ ihr die Möglichkeit noch etwas anzufügen und fuhr dann in seiner entspannten, ruhigen Art fort, als könne ihn nichts auf der Welt aus der Ruhe bringen. Als hätte Anna gerade keine Linie überschritten.
»Anna«, sagte er und sie hätte ihm für die Art und Weise, wie er es gesagt hatte, an die Gurgel springen können. Wie ein gütiger Vater, der seiner sechsjährigen Tochter erklärte, dass eins und eins nicht sieben sein könne.
»Anna, du musst mich anhören. Ich muss dir erklären, wie ich auf meine Arbeitshypothesen komme, sonst wirst du meine Ergebnisse weder nachvollziehen noch ernstnehmen können. DANN verschwenden wir beide unsere Zeit.
Und nein, so schwer es ist, das zuzugeben, sollte der Mörder heute zuschlagen, wird nur ein Zufall das verhindern können.
Aber mein Profil gibt dir Ermittlungsansätze, die vielversprechend sein könnten und mit denen du hoffentlich den übernächsten Mord verhinderst und den Täter stellen kannst.«
Anna wollte sich beruhigen. Sie atmete tief ein und aus, wie sie es einmal auf einem Antistress-Seminar ihrer Einheit gelernt hatte. Nach drei weiteren schweren Atemzügen sagte sie mit ruhigerer Stimme als zuvor:
»Es tut mir leid, Michi. Es ist nur so, ich habe wenig geschlafen und …«
»… und es ist deine erste Mordserie und du weißt nicht, ob du ihr gewachsen bist. Du machst dir Vorwürfe. Wäre ein erfahrener Polizist effektiver gewesen als du?«

Anna schluckte. Er hatte auch zu ihr Nachforschungen angestellt. Hatte er auch sie psychoanalysiert?
Sie fühlte sich nackt und wehrlos und verschränkte die Arme vor der Brust. Aber hatte er nicht recht? Sie guckte ihn abschätzend an. Michis Gesichtszüge hatten sich zum ersten Mal, seit sie sich kennengelernt hatten, besorgt zusammengezogen. Er war wahrhaft besorgt um sie.
Ihr Argwohn und ihre Wut verzogen sich allmählich und sie nickte.
»Ich verstehe dich, Anna. Du hast allen Grund, wütend zu sein. Aber sei nicht wütend auf dich oder enttäuscht von dir selbst.
Du hast nichts falsch gemacht. Der Mörder ist einfach sehr gründlich.«
Kurz schwiegen sie. Die Atmosphäre in dem kleinen Zimmer wurde spürbar angenehmer und harmonischer.
»So, lass uns bitte über dein Profil sprechen«, brach Anna letztlich das Schweigen.
»Gerne. Was ich vorab sagen will: Aus Film und Fernsehen wird der psychologischen Fallanalyse meistens eine zu hohe Bedeutung beigemessen. Ermittler, meistens mit Doktortitel, überfliegen Akten und Tatorte und erschaffen aus dem Nichts ein Opfer- und Täterprofil, so dass die örtliche Polizei«, er zeigte verheißungsvoll auf Anna: »Nur noch ins Nachbardorf fährt und den Täter festnehmen muss. So zielgerichtet kann ich nicht liefern.
Ja, ich habe mir auch den letzten Tatort angesehen, als du nicht da warst. Beim Auffinden und Auswerten forensischer Spurenlagen bin ich aber nicht besser oder schlechter als

jeder andere Ermittler.
Ich habe mich bei der Profilerstellung vorrangig auf die objektiven Spurenlagen aus der Gerichtsmedizin gestützt und habe ein wahrscheinliches Vorgehen des Täters rekonstruiert.«
Er machte eine kurze Pause und kramte auf seinem Bett nach einem weiteren Zettel. Wie bei einer Vorlesung fuhr er fort:
»Der Ablauf und bitte unterbrich mich, wenn du logische Brüche findest, war immer wie folgt:
Der Täter betritt, ohne Einbruchsspuren zu hinterlassen, die Häuser bzw. Wohnungen seiner Opfer.
Es sind also anwesend, der Täter, ein männliches Opfer und mindestens ein Kind des Opfers.
Aus der Auswertung der Blutbilder geht hervor, dass er zunächst den Vater betäubt hat und wenige Minuten später die Kinder. Erst dann tötet er den Vater, der immer im Wohnzimmer gefunden wird und mit einem Gegenstand erschlagen wurde, den der Täter nicht selbst mitgebracht hat, sondern vor Ort findet und auch dort hinterlässt. Die Kinder beachtet er nicht weiter und verlässt die Wohnung, ohne weitere Spuren zu hinterlassen.
Soweit dabei?«
Anna überlegt kurz. »Im Grunde ja. Wenn er keine Spritzen zum Betäuben verwenden würde, dann hätte ich einen Geist vermutet.«
»Ich würde dir fast zustimmen, aber aus meiner Analyse ziehe ich folgende Schlüsse zum Vorgehen:
Er kennt das Opfer. Nicht gut, aber immerhin so gut, dass das Opfer ihn nach einem kurzen Gespräch freiwillig ins

Haus lässt. Vielleicht ähnlich wie ein Versicherungsvertreter, der zu einem Zweitgespräch kommt. Sobald die Tür geschlossen ist und der Täter drinnen ist, nutzt er eine günstige Gelegenheit, um das Opfer zu betäuben. Als Nächstes kommt das Kind.«

Kapitel 4

Als Nächstes kommt das Kind.

Der Mann legte Lehmanns schlaffen Körper vorsichtig auf dem Küchenboden ab. Er horchte in das Haus hinein. Keine Geräusche mehr von oben.

War denn schon Schlafenszeit?

Er schlich zurück in den Flur und näherte sich der Wendeltreppe.

Unten am Aufgang befanden sich zwei übereinander angeordnete Lichtschalter. Er betätigte den unteren. Das Licht im unteren Flur ging aus.

Er blickte die Treppe hinauf ins Obergeschoss. Es war dunkel. Stufe für Stufe nahm der Mann die Treppe und hielt am oberen Treppenpodest inne. Ein Kindergitter versperrte ihm den Weg. Mit seinen langen Beinen machte er einen großen Satz über das Gitter und betrat das obere Stockwerk.

Der Flur war ebenso lang wie unten. Links zwei Türen, geschlossen. Rechts eine Tür. Sie stand einen Spaltbreit offen. Schwaches Licht schien in den Flur hinein und traf auf einen verstaubten PVC-Boden. Auf Zehenspitzen näherte sich der Mann dem Türspalt und horchte weiter auf jedes Geräusch.

Sein Gespräch mit Lehmann vor einigen Tagen hatte ergeben, dass er mit einem vierjährigen Jungen rechnen musste. Von drinnen hörte er ein Klicken, vielleicht bunte Bausteine, die der Junge aufeinanderstapelte.
Der Mann griff wieder in seine Hosentasche und zog vorsichtig die zweite Spritze heraus. Dann, langsam, öffnete er die Tür. Geräuschlos schwang sie auf.
Das Kinderzimmer war ganz im Stile schöner Wohnen, wie ein typisches Kinderzimmer der Zwanzigerjahre des 21. Jahrhunderts, eingerichtet. Helle, blank geschliffene Möbel, ein Kinderbücherregal, ein Trolley in Form eines Zebras, ein kleines Indianertipi ausgelegt mit bunten Decken und alles umgeben von fröhlicher hellblauer Wandfarbe.
Der Mann bemerkte den kleinen Jungen sofort, der in seinem grünen Pyjama neben dem Tipi hockte und wie vermutet große Bauklötze aufeinandersetzte; dabei brabbelte er munter vor sich hin und erzählte Geschichten, die nur er selbst verstehen konnte. Den unbekannten Mann, der ungebeten sein Zimmer betreten hatte, konnte er nicht sehen. Er hatte den Mann nicht einmal wahrgenommen.
Auf jeden Schritt bedacht, kam der Mann von hinten an den Bengel heran.
Kurzerhand stach er zu. Der Junge heulte kurz auf, dann sackte er bewusstlos auf die Seite. Der Mann blickte auf ihn herab.
Sabber floss dem Kleinen aus dem Mund und tropfte auf den Teppichboden.
Äußerst zufrieden mit seiner Tat wandte der Mann sich ab und verließ geräuschlos das Kinderzimmer.

Sonntag, 10. Dezember, 18:34 Uhr

Anna und Michi

»Das bedeutet«, fasste Anna zusammen: »Du glaubst, der Täter kennt das Opfer doch?«
Sie dachte über das Gehörte nochmal nach. Natürlich hatten sie ihre Ermittlungen zunächst auf das persönliche Umfeld der Opfer fokussiert. Doch gab es keine sichtbaren Verbindungen zwischen ihnen. Aber was, wenn Michi recht hatte? Ein flüchtiges Kennverhältnis, eng genug, dass man sich an der Tür sofort wieder erkennt, aber so oberflächlich, dass man keine Spuren hinterlässt. So oberflächlich, dass die Opfer nicht einmal ihren Freunden von der Existenz des Täters berichten würden.
Michi nickte innig. »Ja, so etwas wie ein Termin beim Standesbeamten, ein Friseurbesuch oder ein längeres Verkaufsgespräch.«
»Wenn wir diese Hypothese weiterverfolgen, müssen wir uns nach Orten fragen, an denen man sich aber so intensiv unterhält, dass die Vaterschaft und die Abwesenheit der Mutter zur Sprache kommt«, sagte Anna aufgeregt. Sie waren hier tatsächlich auf etwas gestoßen.
»Genau.« Stimmte Michi zu: »Meine Top-Adressen wären: Schulen, Kindergärten …«
»Was?«, Anna schauderte es. »Du glaubst - ich meine - du hältst es für möglich, dass der Typ selbst Kinder hat?«

»Nicht zwangsläufig, aber ich würde es auch nicht ausschließen. Wir reden hier, wie gesagt, von einem Bilderbuch-Psychopathen. Obwohl Bilderbuch mutmaßlich nicht die beste Metapher ist. Der Mann hat jahrelang gelernt, seine Gefühllosigkeit zu überspielen. Er ist äußerst geschickt im Vorspielen emphatischer Wesenszüge und er ist mit Sicherheit in der Lage, jede Rolle einzunehmen, um seine krankhaften Neigungen vor der Außenwelt zu verbergen.«
»Wo könnten wir ihn noch suchen?«, fragte Anna ermattet.
»Familiengerichte. Vielleicht ein Beamter dort.
Oder natürlich eine Selbsthilfegruppe für alleinerziehende Väter, obwohl ich weiß, dass ihr die einzige Gruppe, die sich in Präsenz trifft, in dieser Stadt schon überprüft habt.
Eine Onlinegruppe halte ich für ausgeschlossen. Da man sich in einer Onlineselbsthilfegruppe in der Regel nicht persönlich begegnen will, sondern die Anonymität des Internets schätzt.
Zuletzt würde mir noch ein großes Spielwarengeschäft einfallen. Ein beratender Verkäufer vielleicht. Gerade in der Weihnachtszeit kommt man schnell ins Gespräch über die eigenen Kinder.«
Wir sind noch meilenweit vom Ziel entfernt, dachte Anna enttäuscht.
»Ich kann Termine bei den Behördenleitern in der Stadt für morgen vereinbaren, aber nach was für einer Person suchen wir?«
Michi legte seine Stirn in Falten und kratzte sich nachdenklich am Kinn. Er blickte in seine Notizen.
»Ein Mann, der in Nordstadt oder Umgebung wohnt. Er ist

sportlich oder mindestens sehr kräftig gebaut. Den meisten Männern körperlich weit überlegen. Er ist hochintelligent und wird trotz seines jungen Alters intellektuell den älteren Kollegen um nichts nachstehen. Gerade wenn wir bei Beamten suchen, so wird er studiert haben und in jedem Falle hat er eine Führungsposition inne. Zum einen, weil es seinem dominanten Charakter entspricht, zum anderen muss er praktisch dazu in der Lage sein, seinen Dienst flexibel zu gestalten und selbstständig, ohne direkte Aufsicht zu arbeiten. Ansonsten wäre er nicht in der Lage, die Informationen über seine Opfer zu beschaffen, die er braucht. Er ist jung. Anfang oder Mitte zwanzig.«

»Warum?«, unterbrach ihn Anna.

»Sieh doch, wie er seine Opfer zurichtet. Ein Mann, der solche Aggressionen in sich trägt, schafft es nicht, den Drang des Tötens so lange zu unterdrücken. Nein. Er muss es spüren, muss es rauslassen. Schon die elf Monate zwischen den Weihnachtszeiten sind erstaunlich.«

»Aber wie hätte er es denn zwanzig Jahre oder länger durchgehalten?«

»Ein krankhafter Trieb entwickelt sich. Er ist nicht plötzlich da. Die Verhaltensforschung ist sich hierbei aber nicht einig. Es gibt keine Langzeitstudien zu psychopathischen Mördern. Schon gar keine, die in der Kindheit beginnend Untersuchungen durchführen.

Ich glaube, dass Eltern erste Anzeichen schon im Kleinkindalter beobachten könnten. Ein kleiner Junge, der eine Katze erwürgt, wäre wohl das Extrem, das niemand übersehen würde, aber es gibt auch unauffällige Hinweise.

Unaufmerksamkeit und trotzdem eine unfassbar schnelle Aufnahmegeschwindigkeit. Hohe Intelligenz und Durchsetzungswillen. Eine niedrige Toleranzschwelle in der Jugendzeit wäre dann später repräsentativ. Zwischen sechzehn Jahren und dem Mannesalter die ersten sadistischen Spielchen. Vielleicht jemand mit einer gefüllten Jugendakte, der dann aber auf einmal im jungen Erwachsenenalter ein völlig anderer Mensch wird. Höflich, reserviert, respektvoll. Er würde keinerlei Anzeichen von Intoleranz oder Aggression mehr zeigen. Genau das ist die gefährliche Phase. Wenn unser Psychopath in diesem Lebensabschnitt zum Beispiel eine gefestigte Partnerschaft eingeht, erfolgreich im Beruf steht, sich behauptet und etwas schafft, mit dem er sich anderen gegenüber überlegen fühlen kann, dann wird er vielleicht nie gewalttätig werden. Er kann seinem überhöhten Selbstbild also auch anders Rechnung tragen. Hm, entschuldige.« Michi schluckt trocken und räusperte sich. Dann nahm er einen großen Schluck aus seiner Colaflasche vom Beistelltisch und fuhr fort:

»Es gibt keine glaubhaften Zahlen, die die tatsächliche Anzahl an Psychopathen in unserer Gesellschaft wiedergeben können, aber wahrscheinlich sind es weitaus mehr, als du es für möglich hältst. Oder zumindest gibt es mehr Menschen, als du glaubst, die nur einen sehr geringfügigen Zugang zu ihren Emotionen haben.

In unserem Fall ist es leider nicht so. Offensichtlich hat unserem Psychopathen das Leben nicht so gut mitgespielt und in der entscheidenden Lebensphase hat etwas sein Verhalten getriggert, ein entscheidendes Erlebnis vielleicht, das er auf

seine Opfer projiziert.«
Damit hatte Anna jetzt Ansätze, mit denen sie arbeiten konnte. Schulen, Kindergärten, Kaufhäuser und Familiengerichte. Ein junger, sportlicher Mann, der selbstbewusst auftritt, intelligent und erfolgreich ist.
Sie würde Mesut fragen, ob er ihr bei den Befragungen helfen könne. Auch andere Kollegen aus dem Kriminaldauerdienst könnten sie unterstützen. Vielleicht hätten sie nun eine Chance.
Hoffnung stieg in ihr auf. Sie blickte durch das Hotelfenster in die dunkle Nacht. Dann klingelte ihr Telefon.

Sonntag, 10. Dezember, 21:23 Uhr

Anna und Michi hielten an der angegebenen Adresse. Ein Streifenwagen stand vor der Tür des Mehrfamilienhauses. Es schien der einzige Einsatzwagen am Ereignisort zu sein. Die beiden Ermittler verließen Annas kleines, gelbes Auto. Eine Straßenlampe beleuchtete den Hauseingang. Sechs Klingelschilder. Sechs Familiennamen. Ab heute würde es einer weniger sein.

Die Tür war nach innen aufgeschwungen und arretiert. Als Michi voran das Treppenhaus betrat, löste er den Bewegungsmelder aus und das Licht blendete die beiden. Von den Polizisten aus dem Streifenwagen noch keine Spur.

Den Namensschildern und deren Anordnung konnten sie entnehmen, dass sie in das oberste Stockwerk mussten. Als sie die Treppen hinaufstiegen, horchten sie auf mögliche Stimmen.

Die Polizeistreife würde wahrscheinlich oben den ersten Sicherungsangriff am Tatort durchführen, um sicherzugehen, dass alle Spurenlagen bestmöglich erhalten blieben, bis die Kriminalpolizei erscheinen würde.

Anna erklomm die letzten Stufen zuerst. Die besagte Wohnungstür stand offen. Im Inneren der Wohnung war es stockdunkel. Ungewöhnlich. Gab es einen Stromausfall, einen Kurzschluss in der Wohnung?

Anna griff nach ihrer Taschenlampe und betätigte sie, als auch Michi keuchend neben ihr zum Stehen kam und sich erst einmal an das Geländer lehnen musste, um sich von dem

raschen Aufstieg zu erholen.
»Genau deshalb«, keuchte er nach Luft schnappend: »Sitze ich sonst im Büro.«
Er stockte, als er bemerkte, wie angespannt Anna war.
»Was ist los? Anna?«
Sie hob eine Hand, um ihn zu verstummen. Dann deutete sie mit der Taschenlampe auf die Wohnungstür.
»Laut Zentrale müsste eine Streife schon vor Ort sein. Unten steht ein Streifenwagen. Aber drinnen ist es dunkel und still. So geht niemand bei einem Sicherungsangriff vor. Es sei denn …«
»… es sei denn, es ist kein Sicherungsangriff, sondern ein Zugriff«, ergänzte Michi.
Er war noch in der Wohnung.
Wenn Adrenalin im Übermaß durch den Körper schießt, erhöht es den Gefäßtonus. Der ansteigende Blutdruck und die erhöhte Herzfrequenz machen das Fokussieren auf einen Auftrag schwieriger, dafür steigern sich Wahrnehmung und Kraftwerte. Töten oder selbst getötet werden? Flucht oder Angriff? Die natürlichen Fragen, die sich in einer solch bedrohlichen Situation stellen.
Anna versuchte, sich mittels ihrer Atemtechnik zu beruhigen, um die Situation zu bewerten.
Der Anruf der Zentrale hatte sie vor zehn Minuten erreicht. Zu dem Zeitpunkt war die Streife bereits am Tatort gewesen. Sie hatten die Wohnung betreten. Die Leiche entdeckt und Meldung gemacht. Mehr wusste Anna nicht.
Doch, wenn der Täter noch drinnen gewesen war? Oh verdammt! Vielleicht ist jemand verletzt.

»Anna, warte!«, zischte Michi ihr hinterher, als sie mutig und entschlossen voranschritt.
Michi zögerte. Er sollte lieber Verstärkung rufen.
»Anna?«, rief er in die Schatten der Wohnung hinein.
»Verdammte Scheiße!«, fluchte er und griff ungeschickt nach seiner Waffe, die er in einem Schulterholster trug. Es dauerte, bis er mit zittrigen Händen den Sicherungsverschluss des Holsters geöffnet hatte.
Eine Taschenlampe hatte er nicht dabei. Sein Mobiltelefon mit Kamerafunktion hatte er im Hotel vergessen. Er blickte unsicher durch die Tür. Hoffnungsvoll blickte er kurz nach hinten, flehend, dass durch das Treppenhaus in diesem Moment ein Spezialeinsatzkommando stürmen würde.
Doch es kam niemand. Anna war allein.
Reiß dich zusammen, ermahnte er sich und ging ihr nach.
Die Deckenbeleuchtung einzuschalten, erschien ihm im ersten Moment vernünftig zu sein. Doch konnte er Anna weder hören und noch sehen. Er sah auch den Schein ihrer Taschenlampe nicht.
Sollte der Täter noch hier sein, könnte ihn das plötzliche Anschalten des Lichtes erschrecken und verwirren, es könnte ihm aber ebenso einen Vorteil verschaffen.
»Anna?«, flüsterte Michi.
Ein leises Klicken hinter ihm. Das Licht im Hausflur war ausgegangen.
Na super. Jetzt war es stockdunkel. Michi war blind. Langsam schob er sich voran. Er stieß gegen etwas Hartes und unterdrückte ein Fluchen.
Dann hörte er Schritte.

»Anna?«, flehte er. Angst, wie er sie noch nie gespürt hatte, legte sich auf Michis Seele. Sein Herz wollte ihm aus der Brust springen.
Die Schritte kamen näher. Klack. Klack.
Sein Körper wollte nicht mehr funktionieren. Er drückte sich mit dem Rücken an die Wand und hob seine Waffe.
»Michi?«
Die Deckenbeleuchtung ging an. Der Wohnungsflur wurde grell beleuchtet und Michi zielte mit seiner Waffe auf Anna. Erleichtert sie zu sehen, senkte er seine Pistole.
»Er ist weg«, sagte Anna. Doch sie klang nicht erleichtert. Klage schwang in ihrer Stimme mit. Tiefe Trauer drückte sich mit ihr aus.
Michi, der seine Angst vergessen hatte, ging einen unsicheren Schritt auf sie zu. Tränen strömten über das hübsche Gesicht der jungen Polizistin.
»Sie sind alle tot.«
Michi ging an ihr vorbei durch den Flur in das Wohnzimmer. Wie zu erwarten, lag ein Mann auf dem Boden vor dem Fernseher. Sein Gesicht übel zugerichtet und eine große Blutlache unter und um ihn herum. Diesem Mann konnte niemand mehr helfen. Dann hörte Michi von rechts ein Rauschen. Im Halbdunkel suchte er nach einem Lichtschalter. Er fand einen. Vom Wohnzimmer gab es einen großen Wanddurchbruch in die weitläufige Küche.
Michi sah sofort den Ursprung des Rauschens. Ein defektes Funkgerät an der Koppel einer blutbefleckten Uniform. In der Uniform steckte eine junge, blonde Polizistin. Ihr Oberkörper war übersät mit vielen Stichverletzungen. Ein großes

Küchenmesser steckte in ihrer Kehle.
Michi keuchte, als wäre er nochmal die Treppen hochgelaufen. Während er sich nach ihrem Partner umsah, stieg erneut Panik in ihm auf.
Hinter der kleinen Kücheninsel entdeckte Michi einen beschuhten Fuß. Langsam ging er um die Insel herum. Ein Bein, dann das zweite, der Torso und der Kopf. Der Kopf war unnatürlich zur Seite gedreht. Der Polizist, in etwa in Michis Alter, starrte ihn mit leeren Augen an.
Michi, der kein Experte für Forensik war, erkannte dennoch das Verletzungsmuster. Der Täter hatte dem Polizisten mit bloßen Händen das Genick gebrochen.
Unfassbar, was für eine Kraft er dafür hatte aufbringen müssen.
Dann realisierte Michi Annas Worte, sie sind alle tot. Oh Gott, das Kind, dachte Michi mit wachsender Panik.
Was hatte der Psychopath nur getan?
War er von der Polizei überrascht worden und hatte er wirklich im Affekt auch das Kind - sein Gedanke erstarb. Zu grauenvoll, um ihn zu Ende zu denken.
Er verließ die Küche durch eine zweite Tür zurück in den Flur. Anna war in sich zusammengesunken und weinte. Sie war kreidebleich. Er würde sich gleich um sie kümmern, aber zunächst brauchte er Gewissheit.
Das Kinderzimmer war nicht zu verfehlen. Eine Tafel hing an der Tür mit der Aufschrift: Einhorn-Paradies, darunter ein Bild eines weißen Ponys mit buntem Horn.
Michi merkte, wie ihm Tränen in die Augen schossen. Ihm wurde schlecht.

Er öffnete die Tür.
Das Zimmer war idyllisch und mit viel Liebe eingerichtet worden. Von einem Vater, der wahrscheinlich alles für seine kleine Tochter getan hätte. Was für ein Grauen. Michi taumelte in das Zimmer auf das kleine Bettchen zu.
Ein weißes Gitterbett, das an der hinteren Wand stand. Pinke Decken hingen über dem Geländer.
Wie in Trance stand Michi über dem Bett und blickte hinein.
Es war leer.
Ungläubig durchwühlte Michi die Decken. Er drehte sich einmal um die eigene Achse. Keine Spur eines kleinen Mädchens.
Er rannte in den Flur zurück. Ins Wohnzimmer. In die Küche. In das Badezimmer.
Auch im Schlafzimmer des Vaters. Nichts. Keine Spur des Kindes. Was war hier los?
Zurück im Flur bei Anna legte Michi eine Hand auf die Schulter der zusammengekauerten, weinenden Frau.
»Anna«, flüsterte er: »Hast du das Kind gesehen?«
»Nein«, schluchzte sie. Sie blickte zu ihm auf und wischte sich mit dem Ärmel ihres Pullis durchs Gesicht.
»Warum? Wo ist es?«
»Ich weiß es nicht«, sagte der Profiler: »Irgendetwas ist hier anders.«
»Ach was. Hier ist etwas anders!«, kreischte Anna. »Da liegen zwei tote Kollegen.«
Und es ist meine Schuld, dass sie tot sind, dachte sie.
»Nein, Anna«, sagte Michi bestimmt. Der ängstliche, dicke, kleine Mann, der eben noch bei Gefahr an einer Wand

kauerte, war wieder verschwunden. Jetzt, wo er nicht mehr in einer vermeintlich lebensbedrohlichen Situation steckte, war er wieder der Alte. Ein beharrlicher, sachlich orientierter Fallanalytiker, mit klarem Kopf.

»Anna, hör mir jetzt ganz genau zu.« Er packte sie und zog sie auf die Beine. Er guckte sie durch dringlich an und sagte unmissverständlich mit fester Stimme: »Du trägst keinerlei Mitschuld an diesem oder irgendeinem anderen Verbrechen. Du bist ein guter Mensch und eine ausgezeichnete und mutige Polizistin.« Er zog sie mit sanfter Gewalt hoch auf ihre Beine und sah sie durchdringend an.

»Bitte, geh kurz vor die Tür. Nimm dir einen kurzen Moment und ruf dann die Zentrale an.

Ich muss hier etwas überprüfen.

Der Tatort ist anders als die anderen und das nicht nur wegen der beiden Kollegen.«

Michi schaltete alle Lichter in der Wohnung an. Die Wohnung war geräumiger als die des letzten Opfers.

Langsam und strukturiert durchschritt Michi alle Zimmer, auf der Suche nach dem, was ihn in dieser Wohnung stutzig gemacht hatte. Durfte das Kind etwa genau in dieser Nacht bei einer Freundin übernachten? Nein, dafür war sie zu offensichtlich noch zu jung. Vielleicht aber bei den Großeltern. Möglich.

Das wäre in dem Fall Glück im unvorstellbarsten Unglück gewesen.

Im Flur stand ein langer Schuhschrank. Auf diesem befanden sich neben einem leeren Portemonnaie einige gerahmte Fotos. Die meisten von der Kleinen. Ein fröhliches Mädchen beim Spielen im Sandkasten oder beim Papa auf dem Schoß. Ein Bild zeigte beide Elternteile, Mutter und Vater glücklich umschlungen vor dem Eiffelturm. Der Vater hatte Bilder der Mutter behalten. War sie verstorben. Wenn, dann erst kürzlich. Ein weiteres Foto zeigte die gesamte junge Familie. Der Vater, der jetzt blutüberströmt im Wohnzimmer lag, das Mädchen mit strubbligen brünetten Haaren, das verschwunden war, und eine attraktive schwarzhaarige Frau mit dunklem Teint.

Michi hielt das Bild eine Weile in der Hand und betrachtete es. Dann fiel es ihm wie Schuppen von den Augen. Er schob den Rahmen unachtsam zurück zu den anderen und stürmte los.

Im Schlafzimmer angekommen, begutachtete er das Bett. Dann rannte er ins Badezimmer. Zuvor hatte es im Dunkeln gelegen. Jetzt im Licht sah Michi, was er die ganze Zeit schon im Gefühl gehabt hatte. Sogar in der Nase. So roch es nicht in der Wohnung eines alleinerziehenden Vaters.

Im Bett, zwei große Kopfkissen und zwei Decken. Das Badezimmer vollgestellt mit Shampoos und Crèmes.

Hier wohnte eine Frau. Die Frau, die Mutter des vermissten Kindes.

Michi sah einen kleinen Hoffnungsschimmer für die Kleine. Bei all dem Schrecken würde sie wenigstens nicht komplett alleine aufwachsen müssen.

Aber war die Hoffnung schon begründbar. Konnte es sein, dass die beiden in der Wohnung gewesen waren, als der Täter durch die Tür gelassen wurde? Konnten sie fliehen? Hatten sie die Polizei alarmiert?

Michi ging erneut die gesamte Wohnung ab.
Nein. Höchst unwahrscheinlich.
Wären dem Mörder eine Frau und das Kind weggelaufen, dann hätte er nicht seelenruhig sein Ritual fortgesetzt und auf die Polizei gewartet. Nein, er wurde von der Polizei überrascht. Das Haus war sehr hellhörig, wahrscheinlich hatte sich einer der Nachbarn über Lärm beschwert.
Außerdem gab es keine weiteren Spuren eines Kampfes, abgesehen von denen in der Küche.
Also waren die beiden heute nicht zu Hause gewesen.
Doch wo waren sie dann?
Aus dem Wohnzimmer erklang ein ringender Ton.
Das Haustelefon klingelte.
Michi ging langsam auf das Klingeln zu. Er nahm das Gerät aus der Schale und betätigte zögernd den grünen Hörer.
»Hi, Schatz. Wir wollten vor dem Schlafengehen, nur noch deine Stimme hören. Isi vermisst dich wahnsinnig, aber morgen sind wir ja wieder da. Hallo? Ralf?«
Die hohe Stimme auf der anderen Seite der Leitung hatte sofort losgesprochen und Michi keine Chance gelassen, sich zu melden. Sie klang ausgelassen und fröhlich.
Jetzt räusperte er sich, um den Frosch in seinem Hals loszuwerden und überbrachte die schreckliche Nachricht.

Montag, 11. Dezember, 11:30 Uhr

Anna

Anna war an diesem Morgen nicht gut aus dem Bett gekommen. Zum einen, weil sie erst um zwei Uhr morgens todmüde ins Bett gefallen war. Zum anderen war ihr Schlaf unruhig gewesen, da sie die Vorwürfe, an dem Tod ihrer Kollegen und dem des weiteren Opfers mitschuldig gewesen zu sein, mit wilden Albträumen verarbeitet hatte.
Niemand hatte ihr gegenüber diesen Vorwurf erhoben. Nicht ihr Chef, noch die Kollegen, nicht einmal Michi, der mittlerweile den tiefsten Einblick in ihr Unvermögen gewonnen hatte.
Im Gegenteil, alle hatten beruhigend auf sie einzureden versucht. Hatten ihr gesagt, dass der unbekannte Mörder das Problem sei und nicht sie. Sie habe alles richtig gemacht und überhaupt sei es unverantwortlich, eine so junge Polizistin allein auf so einen großen Fall anzusetzen. Das hatte Michi ihr noch heute früh zu verstehen gegeben. In seinen Augen eine Schande der Leitung, ihr keine Kollegen, abgesehen von ihm, an die Seite zu stellen.
Doch änderten all diese Worte rein gar nichts an ihren Empfindungen und Selbstvorwürfen.
Eigentlich wäre Anna am Ende ihrer Kräfte gewesen, doch gab es einen kleinen Hoffnungsschimmer am Horizont.
Michi hatte erste Ergebnisse geliefert und ihr neue

Ermittlungsansätze gegeben und - und das Schwein hatte seinen ersten Fehler gemacht.
Er war nicht gründlich genug bei seiner Opferauswahl gewesen.
Was hatte er gegebenenfalls noch übersehen?
Gab es weitere Spuren am Tatort, die helfen würden, ihn zu überführen?
Bei der ganzen Tragik der letzten Nacht war Anna auch heilfroh, dass es Isi, das kleine Mädchen, nicht erwischt hatte.
Ein Glück, dass sie mit ihrer Mutter, Sarah Saidi, über das Wochenende zu ihren Eltern gefahren waren. Ralf Peters, der Lebensgefährte und Vater der Kleinen, musste übers Wochenende an einem wichtigen Projekt arbeiten und so hatte es ihn auf tragische Weise erwischt.
Michi hatte mit der bestürzten Sarah telefoniert. Zwei Minuten lang war Frau Saidi auf der anderen Seite der Leitung in Schockstarre gefallen.
Als sie wieder halbwegs in der Lage gewesen war, mit dem Hauptkommissar zu kommunizieren, er ihr nur mit den wichtigsten Details erklärt hatte, was sich in ihrem Zuhause zugetragen hatte, willigte sie ein, am nächsten Tag mit der Bahn zurück nach Nordstadt zu reisen und sich für eine Befragung zur Verfügung zu stellen.
Michi hatte Anna gebeten, sie am Bahnhof in Empfang zu nehmen. Er hatte sie instruiert, sich feinfühlig, verständnisvoll und mitfühlend zu geben. Sie sollte auf der Fahrt zur Polizeiinspektion so viele Gefühlsinseln wie irgend möglich zwischen ihnen aufbauen. In der Tat keine leichte Angelegenheit bei einer Frau, die gerade den Vater ihres Kindes

verloren hatte.
Anna fiel es allerdings schon unter normalen Umständen leicht, sich empathisch in andere Menschen einzufühlen, vor allem und im Unterschied zu Michi, in die Opfer.
Da sie nun indirekt selbst vom vergangenen Dreifachmord betroffen war, musste sie sich nicht einmal in die Hinterbliebene hineinversetzen. Selbstverständlich war Anna in aller Klarheit bewusst, dass der Verlust zweier im Dienst getöteten Kollegen nicht mit dem Verlust des eigenen Partners vergleichbar war, aber der anhaltende Schock und der Schmerz saßen äußerst tief bei Anna.
Sie müsste nur ihre eigenen Gefühlskanäle öffnen und ihren gemeinsamen Schmerz teilen.
Am Bahnhof angekommen hatte Anna keine Schwierigkeiten, Frau Saidi zu finden. Die Frau, die sie von den Bildern aus der Wohnung des ermordeten Herrn Peters sofort wieder erkannte, irrte unsicher am Haupteingang umher.
Anna ging zielstrebig auf sie zu. Als sie näherkam, bemerkte sie sofort ihre verquollenen Augen. Wahrscheinlich hatte sie die ganze Nacht geweint. Wer könnte es ihr verübeln?
Auch Anna hatte es danach verspürt. Doch genau jetzt, als sich diese winzige Chance auftat, dem Täter auf die Spur zu kommen, musste sie Stärke zeigen.
»Frau Saidi, ich bin Kriminalkommissarin Lösing«, grüßte Anna sie und streckte ihre Hand aus.
Frau Saidi nahm sie.
Als sie etwas als Begrüßung entgegnen wollte, brach es aus ihr heraus. Mitten zwischen den geschäftigen Menschen, die unbeirrt ihren Alltag bestritten, begann die einsame Frau zu

weinen und zu schreien. Ihre fremdsprachigen Klagerufe, die Anna nicht verstehen konnte, rief sie in den Himmel hinauf. Sie begann zu krampfen. Anna stürzte vor und nahm die fremde Frau in den Arm. Sie drückte sie fest an sich und schwieg, unsicher, was sie jetzt sagen sollte. Dann, als aus dem Weinen ein tiefes Schluchzen wurde, flüsterte sie ihr beruhigende Worte zu, ohne wirklich zu wissen, was sie da sagte. Immerhin schienen ihre Worte Wirkung zu entfalten, denn die Muskeln der Frau entspannten sich nach und nach.
Ohne sie nach ihrer Zustimmung zu fragen, klemmte Anna sich Frau Saidi unter ihren Arm, nahm ihren Rollkoffer und bugsierte die wimmernde Frau in Richtung ihres Autos.
Anna konnte sich nicht gegen die eigenen, in ihr aufsteigenden Emotionen wehren und so flossen den beiden die Tränen gleichermaßen über das Gesicht.
Zwei Frauen, die Ermittlerin, die Hinterbliebene, gleichermaßen Opfer desselben Unheils, sahen sich gegenseitig in die Augen und ohne Worte kamen sie überein:
Sie würden alles tun, um den Wahnsinnigen zu stoppen und zu bestrafen.

Montag, 11. Dezember, 12:10 Uhr

Anna war mit Frau Saidi nicht, wie ursprünglich geplant, aufs Revier gefahren. Die Atmosphäre dort, kalt und hektisch, wäre der trauernden, jetzt alleinerziehenden Mutter nicht recht gewesen.

Schon allein aus ermittlungstaktischen Gründen hätte die Kriminalkommissarin alles getan, um es Frau Saidi so angenehm wie möglich zu machen.

Und wenn das bedeutet hätte, mit ihr zum Strand zu fahren. Denn sie würde Frau Saidi ohnehin schon einer Tortur aussetzen müssen.

Der Leichnam ihres Freundes war erst seit wenigen Stunden kalt und sie hatte ihrem Kind vor der Abreise nicht einmal erklären können, was passiert war. Ohnehin wäre es der zweijährigen Isi nicht möglich gewesen, den Schmerz ihrer Mutter zu verstehen.

Die beiden Frauen betraten Annas Wohnung.

»Bitte verzeihen Sie die Unordnung«, entschuldigte sich Anna.

»Ich bin in letzter Zeit nicht so viel hier gewesen.«

Sie bat Frau Saidi, im Wohnzimmer Platz zu nehmen und versprach ihr einen Tee.

Inständig hoffte sie, dass der Gast die chaotische Küche im Vorbeigehen nicht bemerkt hatte. Hastig suchte sie nach einer halbwegs sauberen Tasse, fand eine und spülte sie unter heißem Wasser noch einmal ab. Dann suchte sie eilig nach ihrer heiligen Tee-Box.

Anna liebte es, gerade zur Herbst- und Winterzeit, auf ihrer Couch, eingemummelt in ihre Lieblingskuscheldecke an einem heißen Früchtetee zu nippen und das hektische Treiben vor ihrem Fenster zu beobachten oder doch lieber bei zugezogenen Vorhängen ein spannendes Buch zu lesen. Die Tee-Box war beinahe komplett geplündert worden, aber zwei Teebeutel waren noch übriggeblieben.
Mit einem kochend heißem Marokkanischem-Apfel-Zimt-Tee kam sie zurück ins Wohnzimmer. Frau Saidi hockte unruhig am Rand des Sofas und kratzte ihre Handrückseite. Die Hand war schon rot geworden. Anna stellte den Tee ab und setzte sich neben sie.
»Frau Saidi«, setzte Anna an, doch diese unterbrach sie prompt.
»Bitte, nennen sie mich Sarah«, sagte sie ohne Anna anzugucken.
Die Polizistin brachte ein kurzes Lächeln auf.
»Natürlich, ich bin Anna.
Sarah, wie ich bereits im Auto anklingen ließ, muss ich dir, so schwer mir das auch fällt, so kurz nach deinem Verlust, einige Fragen stellen.«
Sarah hob den Kopf: »Ich verstehe. Versprich mir nur eins, Anna. Schnapp dir diesen Bastard.«
Weitere Tränen liefen über Sarahs Gesicht.
»Ich verspreche, ich werde alles tun, was in meiner Macht steht.«
»Ich bin bereit.«
Bin ich es auch? Anna musste sich diese Frage stellen. Geplant war die Vernehmung völlig anders. Im Revier,

zusammen mit Michi. Der fragte sich bestimmt schon, wo sie steckten.
Ob Michi zu so einer menschlichen Regung wie Wut überhaupt fähig war? Anna musste unbedacht schmunzeln. Bemerkte es und versuchte rasch einen verständnisvollen Gesichtsausdruck aufzusetzen.
Das führte wohl zu einer merkwürdigen Grimasse, die Sarah bemerkte. Sie legte ihre Augenbrauen schräg, sagte aber nichts.
»Nun Sarah.
Zunächst muss ich leider bürokratisch werden, da ich nun mal für eine deutsche Behörde arbeite. Datenschutz geht uns alle an.«
Hatte sie das gerade wirklich gesagt?
Sie konnte doch jetzt nicht so eine stinknormale, standardmäßige Zeugenvernehmung aus dem Hut zaubern.
»Vergessen wir die Formalitäten«, änderte sie rasch ihre Meinung.
»Sarah, du weißt, was gestern passiert ist. Wir versuchen, den Mann zu fassen, der deinen Lebensgefährten ermordet hat.
Er ist außerdem für einen Mord am vorangegangenen Sonntag und vier weitere Morde im letzten Jahr verantwortlich. Weil er immer am Adventsonntag mordet, hat die Presse ihm den klangvollen Namen »Adventmörder« gegeben.
Leider hinterlässt der Mann absolut keine Spuren am Tatort, die auf ihn selbst hindeuten könnten. Wir haben nur wenige Ansätze und du musst mir helfen.«
»Bitte«, fügte sie fast flehentlich noch an: »Bitte, denk

intensiv nach und berichte mir von den letzten Kontakten mit Ralf.«

Sarah dachte nach. Dann erzählte sie von ihrem letzten persönlichen Treffen.

Im Auto hatte Anna schon erfahren, dass die beiden bereits seit sieben Jahren ein glückliches Paar gewesen waren. Sie hatten sich im Schwimmbad kennengelernt, in dem Ralf viermal wöchentlich seine Bahnen zog und Sarah als Bademeisterin darauf geachtet hatte, dass er und die anderen Badegäste nicht verunglückten. Ralf hatte ihr später anvertraut, dass er das Schwimmen ursprünglich nur einmal die Woche als Ausgleich zu seinem Krafttraining machen wollte, aber eine wunderschöne persische Prinzessin im blauen Rettungsschwimmer-Pullover habe ihn dazu gebracht, seine sportlichen Prioritäten zu überdenken.

Nachdem er sich getraut hatte, sie zu einem Date auszuführen und sie sich ineinander verliebt hatten, schlug der Architekt vor, Sarah könne doch bei ihm wohnen. Sie würden sich die zweite Miete sparen und er könne sich nichts Schöneres vorstellen, als mit ihr eine eigene kleine Familie zu gründen. Beide waren nicht religiös. Und obwohl Sarah von gläubigen Eltern aufgezogen worden war, die sich wahrscheinlich nie hätten vorstellen können, dass sie eines Tages einen weißen Atheisten begehren würde, mochten sie den ruhigen und höflichen Mann. So akzeptierten sie das Zusammenleben der beiden, auch ohne traditionelle Eheschließung und fühlten unaussprechbare Freude, als die beiden ihnen vor zwei Jahren ein Enkelkind schenkten.

Ralf war ein toller Vater und da er viel von zu Hause

ausarbeitete, übernahm er einen Bärendienst bei der Kinderbetreuung.
Ein perfektes kleines Leben hatten die beiden geführt, das hatte Anna erkannt, selbst wenn ihr bewusst war, dass Sarah die Streits und gelegentlichen Wutausbrüche des Ermordeten zu erwähnen vergaß. Den perfekten Menschen gab es nun mal nicht.
»Da Ralf noch ein wichtiges Projekt durchplanen musste, ich aber den Freitag und Montag frei hatte, wollte ich mit Isi meine Eltern in Duisburg besuchen.
Wir haben zusammengepackt und dann …« Sie schniefte laut. Anna gab ihr rasch ein Taschentuch.
»Danke. Dann hat er uns zum Bahnhof gebracht. Wir haben uns am Gleis das letzte Mal umarmt und er gab mir zum Abschied einen Kuss auf die Stirn.«
Sie berührte mit der Hand die Stelle, als könne sie seine Lippen noch spüren.
»Habt ihr zwischendurch telefoniert?«, fragte Anna.
»Ja, natürlich. Jeden Abend vor dem Schlafengehen. Isi sollte ja seine Stimme hören. Die hat sich dann immer so gefreut.«
»Wann genau habt ihr telefoniert?«, Annas Stimme, die vorher einfühlsam gewesen war, klang nun sachlich, schon fast geschäftlich.
»Wir haben am Freitagabend telefoniert, gegen neun Uhr. Nein - vorher noch kurz - nachdem wir angekommen waren. Am Samstag habe ich ihn spätabends angerufen. Wir waren vorher noch lange wach gewesen und hatten gegessen und Spiele gespielt. Aber wenn Ralf einen seiner Bauten kurz vor

dem Abschluss hatte, dann arbeitete er immer bis spät in die Nacht hinein. Und das war es.«

Anna ließ eine kurze Ruhepause einkehren, um ihre eigenen Gedanken zu ordnen.

»Abgesehen von dem, was du ihm erzählt hast und den guten Nachtwünschen, was hat er berichtet?«

Sarah wischte sich neue Tränen mit dem schmutzigen Taschentuch weg und grübelte: »Er hat von seinem Tagesablauf erzählt. Aber nichts Besonderes. Seine Arbeit ging gut voran. Er hatte die Glühbirne im Badezimmer ausgetauscht. Darauf war er sehr stolz, er ist - ich meine, er war so ein grauenvoller Handwerker.«

Sie gluckste, dann weinte sie wieder.

»Jede Kleinigkeit kann für uns entscheidend sein. Egal, wie unwichtig es dir erscheinen mag: Hat er irgendetwas berichtet, was möglicherweise aus der Reihe passiert ist?«

Annas Stimme gewann von Frage zu Frage an Nachdruck. Sie spürte Panik in sich aufkommen. Möglicherweise würde sie nichts Wichtiges erfahren.

»Na ja, er war noch am Freitag - nein, am Samstagvormittag im Supermarkt einkaufen. Und - das hätte ich fast vergessen - er hat wohl seinen Personalausweis verlegt oder verloren.«

»Den Ausweis verlegt?«

»Vielleicht auch verloren, ich weiß nicht mehr so genau.«

»Bitte, Sarah, versuch dich ganz genau zu erinnern.«

Sarah schloss die Augen. Sie atmete mehrere Male tief ein und aus.

»Also, er hatte wohl irgendein Weihnachtsgeschenk für mich bestellen wollen. Irgendetwas nicht jugendfreies. Er wollte

es mir erst gar nicht erzählen, sollte ja ein Geschenk sein.« Sie machte eine kurze Pause.
»Genau. Und dann meinte er, er hätte den Personalausweis als Altersnachweis fotografieren müssen. Er hat ihn aber nicht gefunden. Was überraschend ist, da er immer sehr ordentlich ist und den Ausweis schon immer im selben Fach in seinem Portemonnaie aufbewahrt.«
Anna überlegte, ob es sich lohnen könnte, diesem Zweig der Geschichte weiter nachzugehen. Sie entschied sich dagegen. Sie dachte an Michis Profil des Täters. Und die möglichen Orte, an denen der Täter seine Opfer hätte kennenlernen können. Schulen, Kindergärten.
»Ist Isi schon in einer Kita?«
Sarah wirkte verdutzt, ob des harten Themenwechsels.
»Äh – nein. Warum?«
»Ich versuche zu ergründen, wie der Mörder Ralf kennengelernt hat.«
»Wie ich schon sagte, Ralf kümmerte sich um sie, wenn ich arbeiten war und wenn wir beide mal nicht konnten, war Isi bei seinen Eltern.«
Gerichte konnte Anna auch ausschließen. Es gab keine Sorgerechtsstreitigkeiten um Isi. Auch für Selbsthilfegruppen hatte Ralf keinen Bedarf. Sein eigener Beruf als Architekt, dem er hauptsächlich im Home-Office nachkam, eignete sich auch nicht dafür, potenzielle Serienmörder kennenzulernen.
Auch die Frage nach einem konkreten Spielplatz, den Isi und ihr Vater immer wieder allein besucht hätten, verneinte Sarah.

Blieb nur noch die abwegigste Idee, die Michi hatte: Einen großen Spielwarenladen. Fast zu absurd, als dass Anna diese Frage überhaupt stellen wollte. Andererseits wusste sie ansonsten auch nicht mehr weiter.

Dienstag, 12. Dezember, 09:45 Uhr

Anna und Michi

Anna und Michi saßen in einem zivilen Streifenwagen der Kriminalpolizei. Sie befuhren im Schritttempo die zugeschneiten Straßen der Nordstadt. In den vergangenen sieben Jahren hatte es in dieser Stadt nicht mehr so ein heftiges Schneetreiben gegeben. Das Ganze auch noch ohne Vorwarnung der Wetterdienste. Die Temperaturen waren zwar schon gestern gegen null gefallen und es hatte einige wenige Flocken gegeben, aber schneeweiß bedeckte Dächer der gesamten Stadt und viele Zentimeter dicker Pulverschnee auf den Straßen, das hatte wahrscheinlich niemand so erwartet.
Die Menschen, denen sie auf ihrem Weg begegneten, stapften vielerorts freudestrahlend durch die Schneemassen und genossen die Abwechslung zu den ansonsten grauen, mit Regen behangenen Tagen der letzten Wochen.
Kehrdienste waren von der Situation genauso überrascht worden wie alle anderen und wie immer fehlte es an Fahrzeugen, Personal und Streusalz.
Deshalb schob sich der Verkehr nur zäh und beinahe in Schrittgeschwindigkeit durch die Großstadt.
Bei einem gemeinsamen Frühstück in Michis Hotel hatten sich die beiden gegenseitig auf den aktuellen Stand ihrer Ermittlungen gebracht.
Als Anna Michi gestern berichtet hatte, wie sie kurzerhand

entschieden hatte, Sarah in ihrer eigenen Wohnung, ohne ihn, zu vernehmen, rechnete sie fast damit, dass der Fallanalytiker aus der Haut fahren würde. Aber wieder einmal blieb der erfahrene Ermittler ruhig und entspannt. Er lobte Anna für ihr Einfühlungsvermögen und überprüfte stattdessen für Anna die Kontoauszüge des Toten Ralfs und der anderen Opfer. Eine mühselige Arbeit, die niemand gerne machte.
Ihr gemeinsames Ziel war es nun, Michis - ihrer einzigen Spur nachzugehen. Die Spur der Opfer. Sie mussten herausfinden, wie der Täter sie ausmachen konnte, ohne dass sie bisher eine Verbindung zwischen den Opfern hatten ziehen können.
»Nach meiner Theorie können wir alle Behörden, Gerichte, Schulen und Kindergärten sowie die Selbsthilfegruppen ausschließen.«, bestätigte Michi Annas Schlussfolgerungen.
»Bleiben nur Orte, die Vater und Kind gemeinsam besuchten oder meine Kaufhaus-Hypothese.«
»Um ehrlich zu sein«, hatte Anna erwidert: »Ich halte deine Hypothese für eher absurd. Aber immerhin waren alle Opfer in den letzten Wochen vor ihrem Tod allein oder mit Kind an zwei Orten.«
Ein kinderfreundliches Fast-Food-Restaurant und ein riesiges Spielzeuggeschäft im Stadtzentrum. Das ergab zumindest die Auswertung sämtlicher Kontoauszüge der Opfer sowie aller Zeugenaussagen.
»Besser eine lauwarme als eine kalte Spur.« Michi schien halbwegs optimistisch.
Sie fuhren zunächst zum Restaurant. Eine Kette, die im

ganzen Land verteilt Filialen besaß. Das Fahrzeug parkten sie auf dem großen Kundenparkplatz. Einen Termin hatten sie nicht gemacht. Sie wussten, sollte der Filialleiter flache Hierarchien bevorzugen, würde ein Termin mit der Kriminalpolizei schneller die Runde bei der Belegschaft machen als Tollwut in einer Pelzfarm.

Ein Überraschungsbesuch gab ihnen, vorwiegend Michi, die Gelegenheit, jeden einzelnen Mitarbeiter wahrzunehmen und ihre Reaktionen auf die Ermittler zu bewerten. Gab sich jemand bewusst locker oder aber doch nervöser als andere, wäre das ein möglicher Kandidat für ein längeres Gespräch mit dem Profiler.

Der Eingangsbereich des Restaurants war ungeschickt freigeschaufelt worden, so dass alle Besucher sich zunächst durch eine zusammengekehrte Schneemauer kämpfen mussten, bevor sie letztlich den freien Weg nutzen konnten.

Michi fluchte, als er sich ungeschickt durch den Schnee mühte.

»Ich habe nicht für die Antarktis gepackt und friere mir alles ab.«

Anna grinste vorsichtig. Nicht weil sie sich freute, dass der ältere Kollege tollpatschig durch den Schnee schlurfte und die Kälte ihm zusetzte. Es freute sie lediglich, dass er endlich mal menschliche Regungen wie Ärger und Wut zeigte.

»Anna, lass uns bitte nach unserem Besuch des Restaurants, hier auf dem Weg zum Spieleparadies, bei einem Bekleidungsgeschäft halt machen.«

Anna nickte: »Das ist gar kein Problem. Soweit ich weiß, befindet sich direkt neben dem Spieleparadies ein Geschäft

für Bekleidungen. Nichts Feines, aber dafür günstig.«
»Perfekt. Wollen wir?«
Er hielt Anna die Tür auf und sie betraten den großen Schnellimbiss.
Der Manager war ein kleiner Mann, der bis auf seinen auffällig nach oben gezwirbelten Oberlippenbart fast eine dunkelhäutige Kopie von Michi hätte sein können, wenngleich der Schnäuzer des Profilers deutlich buschiger ausfiel.
In seinem Büro berichteten ihm die beiden Polizisten, wonach sie suchten und befragten den Mann, der ehrlich erschrocken wirkte, zu seinen Angestellten.
»Meine Führungskräfte sind alle schlau und können den Ton angeben. Bis auf eine sind auch alle in dem Alter, das sie beschreiben. Aber sie ist auch die einzige Führungskraft, die heute nicht im Haus ist. Wegen des Weihnachtsmarktes direkt nebenan ist bei uns zurzeit die Hölle los. Da brauche ich jeden Mitarbeiter, am liebsten rund um die Uhr.«
»Ist es denn möglich für ihr Führungspersonal«, fragte Michi: »Mal eben für eine Stunde die Arbeit zu unterbrechen?«
»Naja«, antwortete der Manager zögerlich: »Vorgesehen ist das nicht, aber alle meine Führungskräfte tragen die Verantwortung und bekommen im Gegenzug etwas Freiraum von mir.«
Anna, die noch nicht viel gesagt hatte, schaltete sich ein. »Besteht bei ihrem Personal denn eine Verbindung zu den Gästen? Finden dort überhaupt Gespräche statt?«
»Auf jeden Fall.« Der Mann warf sich stolz in die Brust. »Wir sind kein stinknormales Fast-Food-Restaurant. Wir bedienen am Tisch und schulen unser Personal zum

freundlichen und interessierten Umgang mit den Gästen.«
»Dürfen wir uns denn einmal mit ihrem Personal unterhalten?«, fragte Anna.
»Selbstverständlich. Ich bin froh, wenn wir helfen können. Auch wenn ich mich für meine Mitarbeiter verbürge.
Es sind wie gesagt bis auf eine alle hier.
Wie möchten Sie vorgehen? Mit wem möchten Sie anfangen?«
»Am besten«, schlug Michi vor: »Schreiben Sie uns einmal die Namen ihrer Führungskräfte auf, das Alter daneben. Dann können wir Ihnen eine Reihenfolge nennen.« Er sah sich in dem kleinen Büro um und fragte: »Dürfen wir ihr Büro für die Befragungen nutzen?«
Der freundliche dicke Mann nickte, nahm einen Zettel aus seinem Drucker und schrieb mit einem goldenen Kugelschreiber vier Namen auf.
Er reichte Michi den Zettel. Dieser überflog die Namen, lächelte und steckte ihn ein. Dann stand er, weiterhin lächelnd, auf und streckte dem Mann seine Hand hin.
»Vielen Dank, ich glaube Ihnen, dass Ihre Belegschaft rein gar nichts mit unserem Täter zu tun hat. Danke für Ihre Zeit. Kommst du, Anna?«
Anna war völlig verdutzt, stand aber auf und schüttelte die Hand des ebenso verdutzt dreinblickenden Managers.
»Was ist los, Michi?«, wollte Anna im Gang von ihm wissen. Sie musste fast rennen, um Schritt zu halten, denn so schnell bewegte sich Michi in Richtung Ausgang.
»Anna, die Personen hier passen alle nicht ins Profil unseres Täters«, sagte Michi ächzend, während er über die

Schneemauer vor der Tür kletterte.
»Und das erkennst du an den Namen? Bist du jetzt doch unter die Mentalmagier gegangen?«
»Keineswegs«, sagte Michi und feixte. Noch eine menschliche Regung. Er genoss es, Anna im Dunkeln zu tappen.
»Hier, nimm. Diese Personen passen nicht in unser Profil. Denn es sind alles …«
»Frauen«, ergänzte Anna. Immerhin hatte auch Anna ein kurzer Blick auf den Zettel gereicht.
»Blendend kombiniert, Anna«, lobte Michi sie und ging weiter zum Auto.
Als sie im Auto saßen, fragte Anna ihn neugierig: »Bist du denn sicher, dass wir eine Frau völlig ausschließen können? Ich meine, rein statistisch hast du einen Punkt und mein Gefühl schreit auch, definitiv ein Mann, aber …«
»Die Art und Weise, wie er seine Opfer hinrichtet. Es ist ein Mann. So wie er die beiden Polizisten - ich meine die Kollegen - außer Gefecht gesetzt hat. Diese Kraft und Geschwindigkeit. Diese Aggressivität. Keine Frau könnte so etwas anstellen. Wir reden hier von den äußersten Extremen. Es gibt einen Grund, warum es in den Spezialeinheiten der besten Militärs der Welt keine Frauen gibt.«
Anna stimmte ihm wortlos zu.
Nur um noch einmal zu widersprechen, sagte sie: »Aber das würde möglicherweise erklären, warum der Täter oder die Täterin ins Haus kam und er oder sie das Opfer betäubt. Und warum sie den Kindern nichts Schlimmeres antut.«
Michi dachte ernsthaft eine Weile über ihren Einwand nach.
»Da hast du zwar einen Punkt, aber die beiden Polizisten

waren nicht betäubt. Und eine zwei Meter Frau mit hundertfünfzig Kilogramm Körpergewicht lässt wahrscheinlich kaum ein Mann freiwillig ins Haus.«
Anna war dankbar, dass Michi ihre Gedanken so ernst nahm, daher schwieg sie und fuhr los.

Dienstag, 12. Dezember, 12:23 Uhr

Das »KIDS-PARADISE« Kaufhaus warb damit, dass es der größte Spielwarenfachhandel Deutschlands sei.
Überprüft hatte Anna diese Behauptung nicht, auch war sie seit ihrer eigenen Kindheit in keinem reinen Spielzeugladen mehr gewesen. Eigene Kinder hatte sie nicht und in ihrem momentanen Lebensabschnitt konnte sie sich selbst auch noch nicht als Mutter vorstellen. Sie hatte auch keine Geschwister, die ihr mal Neffen oder Nichten zum Aufpassen geschickt hätten.
Dennoch machte die schiere Größe des Kaufhauses schon von außen Eindruck. Ein Bau, als hätten Santas Elfen ihn persönlich gebaut. Drei Gebäudeteile waren miteinander durch breite Glastunnel verbunden. Die äußeren beiden Häuser wirkten etwas kahl und lieblos, aber das Zentralhaus war ein Palast. Ein Palast für Kinderspielsachen. Eine lange Marmortreppe führte vom Parkplatz zum Eingang, der von verzierten goldenen Buchstaben überdacht war. Welcome to »KIDS-PARADISE« stand dort geschrieben. Große prunkvolle Säulen bewachten den Eingang und verliehen dem Tempel gleichzeitig Würde und Abenteuerlust.
Ein mindestens zehn Meter hoher Weihnachtsbaum stand rechts vor der Tür, während sich links am Aufgang der Treppe eine stattliche, übergroße Weihnachtsmann-Statue aufbaute.
Anna erwischte sich kurz bei dem Gedanken, selbst nochmal gerne ein kleines unschuldiges Kind zu sein. Ohne Lasten

fröhlich kreischend die Treppen zu erklimmen und dem dicken Santa ihre Wünsche fürs Weihnachtsfest aufzusagen.
Michi entdeckte neben dem rechten Nebengebäude die kleine, neben dem »KIDS-PARADISE« ohnehin blass erscheinende Bekleidungsboutique.
»Ich brauche nur fünf Minuten. Kaufe nur zwei Pullis, Schal, Mütze, Handschuhe.
Du kannst ja schon mal reingehen. Dich aufwärmen und umgucken. Aber bitte frage erst nach dem Manager, wenn ich dabei bin.«
»Natürlich.« Versicherte Anna ihm und Michi lief unsicher wackelnd über den plattgedrückten und rutschigen Schnee am Boden. Anna sah ihm verträumt nach, bis er in dem Geschäft verschwunden war.
Michi gab ihr Rätsel auf. Er wirkte oftmals wie jemand, der nur das Nötigste macht. Dann wiederum schien er über die Maßen motiviert und bedacht und Anna hatte ihm auch nicht vergessen, bei aller Gefühllosigkeit, dass er ihr am Sonntag in die dunkle Wohnung gefolgt war. Das, obwohl Anna unüberlegt und ohne Absprache dummerweise einfach losgestürmt war. Auch dass Michi ihr im Nachhinein keine Vorwürfe machte, schätzte sie.
Anna erwachte aus ihren Gedanken und begann mit großen Schritten die Treppe hinaufzusteigen.
Sie betrat das Kaufhaus durch eine der beiden Doppeltüren, die ihr netterweise durch eine junge Frau aufgehalten wurde und sah sich um.
Im Innern des Geschäftes wuchs ihre Bewunderung für die gelungene Vermarktung von Kinderspielsachen mit jedem

Schritt. Hohe Regale standen hier dicht aneinandergedrängt. Alles sah aus wie in einem Kindermärchen. Dunkles Holz, viele bunte Lichter. Laute Weihnachtsmusik schallte durch das Kaufhaus und ein zimtiger Duft lag in der Luft.
Anna schlenderte ein wenig ziellos zwischen den Regalen hin und her und beobachtete die Familien, hauptsächlich mit Kleinkindern, die hier umhertollten. Die Kinder immer fröhlich und völlig überdreht. Die Eltern meist überreizt und gestresst. Vielleicht noch ein Grund, warum Anna sich derzeit keine eigenen Kinder vorstellen mochte.
»Kann ich Ihnen helfen oder schauen Sie nur?«
Ein großer Verkäufer, Mitte oder Ende Vierzig mit einem hellblauen Sweater, den hier scheinbar alle Verkäufer tragen mussten, hatte Anna aus ihren Beobachtungen gerissen.
Sie schreckte kurz auf. »Nein - ich meine - Oh Gott, haben Sie mich erschreckt.« Sie lachte unsicher.
Er lächelte Sie freundlich an, »Bitte entschuldigen Sie, das war nicht meine Absicht. Darf es denn etwas bestimmtes sein?«
»Vielen Dank, Herr Söhrens«, sein Namensschild las »J. Söhrens«.
»Ich schaue nach nichts bestimmten.« Sie hatte in dem Moment Michi erblickt, der durch die Eingangstür gekommen war und sich Schneeflocken aus den grauen Haaren schüttelte.
»Sehr gerne«, sagte der Verkäufer und ging weiter.
»Halt. Warten Sie, bitte!«, rief Anna dem Mann nach. Sie winkte Michi zu, der sie jetzt ebenso entdeckte hatte.
Der Verkäufer erschrak jetzt seinerseits und zuckte kurz

zusammen.
Er drehte sich zu ihr um und beide mussten lachen.
»Entschuldigen Sie«, sagte Anna und zog aus ihrer Jackeninnentasche ihre Marke.
»Mein Name ist Kriminalkommissarin Lösing, dort kommt mein Kollege Herr Wehrmann. Wir müssen mit ihrem Filialleiter sprechen. Es ist leider sehr dringend.«
Der Verkäufer hörte auf zu lachen und machte eine ernste Miene.
»Darf ich fragen, worum es geht?«
»Das würde ich lieber mit ihrem Chef besprechen. Bitte.«
Der Mann nickte und griff nach einem Telefon an seinem Gürtel.
Das Büro des Geschäftsführers des »KIDS-PARADISE« war weit weniger prunkvoll als der Rest des Gebäudes. Es ähnelte eher einem normativen Verwaltungsbüro.
Kahle Wände und weiße Möbel zierten ein quadratisches, mit blauem Teppichboden bestücktes Zimmer.
Der Geschäftsführer war ein etwa siebzigjähriger Mann, mit dickem Bauch und langem, weißem Rauschebart. Tiefe Lachfalten zierten seine Gesichtszüge, denen man ein erfolgreiches und unbeschwertes Leben ansah. Er stand hinter einem großen elektrisch verstellbaren und hochgefahrenen Schreibtisch. Er lächelte den beiden Polizisten freundlich zu und wies ihnen zwei steife Holzstühle ihm gegenüber zu.
Er ließ seinen Schreibtisch auf eine angenehme Gesprächshöhe herunterfahren und setzte sich auf seinen sesselartigen Drehstuhl.
»Was kann ich für Sie tun, verehrte Kommissare?«, fragte er

sie mit der Miene eines Mannes, der gerade zu Tisch gebeten wurde, um ein herrliches Festmahl zu verschlingen.
Diesem Mann war im Leben offenbar nur Gutes widerfahren. Er wirkte wie Santa Claus im Nadelstreifenanzug.
Nachdem Anna ihm das Ansinnen ihres Besuches erklärt hatte, verdunkelte sich die Miene des Mannes.
»Ich kann Ihnen versichern, dass keiner meiner Angestellten für so eine grausige Tat in Betracht zu ziehen ist.«
»Ich verstehe,«, intervenierte Anna »dass Sie hohes Vertrauen in Ihre Mitarbeiter setzten und wir sagen auch nicht, dass der Täter sich unter Ihrer Belegschaft befindet. Wir wollen es nur routinemäßig ausschließen.«
»Ich weiß nicht.« Der Mann fuhr sich nachdenklich durch den langen Bart.
»Steht es denn im Verhältnis, mein gesamtes Personal zu belästigen und damit vielleicht zu traumatisieren, wenn sie bloß eine Theorie testen wollen.«
Traumatisieren? Anna stand die Zornesröte ins Gesicht geschrieben, am liebsten hätte sie den alten Santa Claus an seinem lächerlichen Grinsebart über den Schreibtisch gezogen und ihm gezeigt, was traumatische Erlebnisse sind.
Hastig sprang Michi ein, um die Situation nicht eskalieren zu lassen: »Niemand spricht hier von Traumatisieren. Wir wollen nur ein paar Testfragen stellen. Ihre Kollegen werden gar nicht merken, worum es geht.«
Anna rutschte unruhig auf ihrem Stuhl hin und her und versuchte, sich wieder zu beruhigen.
»Außerdem müssen wir bei weitem nicht mit all ihren Mitarbeitern sprechen. Nur jene, die eine Führungsposition

innehaben, männlich und zwischen zwanzig und vielleicht achtundzwanzig Jahre alt sind.«

»Das klingt vernünftig.«, sagte der alte Mann. »Also schön. Ihre Beschreibung passt auf genau einen meiner Mitarbeiter. Bernard ist einer meiner fleißigsten und intelligentesten Mitarbeiter. Er führt die Outdoor-Abteilung und ist damit restlos unterfordert. Er hat einen genialen Kopf und er darf niemals erfahren, wie gut er ist.«

Der Geschäftsführer lachte schallend und aus Höflichkeit stimmte Michi ein.

»Nun gut, wären Sie so freundlich, ihn kommen zu lassen?«, fragte Michi.

Ohne zu kommentieren, was er vorhatte, nahm der Leiter des Spielwarengeschäfts ein rotes Headset von seinem Schreibtisch drückte einen großen roten Knopf neben seinem Computer-Bildschirm und sprach dann über Lautsprecher zum gesamten Gebäude.

»Herr Durand, zur Geschäftsleitung. Herr Durand, zur Geschäftsleitung.«

Dann lächelte er die beiden Ermittler wieder so freundlich an, wie zum Beginn ihres Treffens und sagte an sie gewandt: »Ich überlasse Ihnen gerne mein Büro. Wie lange werden Sie brauchen?«

Michi guckte ihn überlegend an und versuchte auszuloten, wie viel er ihm sagen mochte. Entschied sich dann für wenig und antwortete: »Nicht lang.«

Bernard Durand betrat selbstbewusst das Büro der Geschäftsführung. Anna musste glücklicherweise unbemerkt schlucken. Der sechsundzwanzigjährige leitende Verkäufer

hatte die Figur eines Gewichthebers. Er musste seine Schultern beinahe einzeln durch die Tür schieben, um hindurchzupassen. War das der Mann, den sie seit über einem Jahr zu stoppen versuchte?
Jetzt musste sie cool bleiben.
Sie fing an zu schwitzen und merkte, wie ihre Knie weich wurden.
Entspann dich, Anna, dachte sie.
Sie blickte zu Michi. Er schien locker zu sein. Oder gab er sich nur so?
Michi stand auf und kam um den Schreibtisch herum auf den blonden Gewichtheber zu.
Sie hatten die kurze Zeit des Wartens genutzt, um noch eilig einige persönliche Informationen über Durand aus dem Geschäftsführer zu kitzeln. Normalerweise hätten sie sich die Personalakte geben lassen und über die Polizeidatenbank den Mann überprüfen lassen, aber dafür hatten sie keine Zeit. Und dafür hatten sie Michi, hoffte Anna. Außerdem veränderten sie die Sitzanordnung. Durand sollte vor dem großen Schreibtisch sitzen mit der Tür im Rücken. Michi wollte den Schreibtisch zwischen sich und dem Mann wissen und Anna sollte sich leicht flankierend in eine Ecke des Raumes setzen. So hatte der Befragte es schwerer Kontrolle über die Situation zu übernehmen.
Durand war schon eine Erscheinung und als er sich hinsetzte, war der Stuhl unter ihm nur noch zu erahnen.
»Ich bin Hauptkommissar Wehrmann, das ist Kriminalkommissarin Lösing. Wir sind von der KriPo und hoffen, dass sie uns bei der Suche nach einem Verbrecher behilflich sein

können.«
Durand blickte langsam von Michi zu Anna. Abschätzend. Er wirkte nicht geschockt, nicht überrascht. Oder wollte er sich nichts anmerken lassen.
»Ich helfe immer gerne«, sagte er zögerlich: »Doch darf ich erfahren, worum es konkret geht?«
Anna meinte ein Hauch von Spannung in seiner Stimme zu hören. War er doch nicht so selbstsicher, wie er ihnen das weiß machen wollte?
Michi nickte ihm gut gelaunt zu.
»Herr Duran, natürlich dürfen Sie. Es geht um eine Mordfall Serie, die uns seit längerem beschäftigt.«
Das hatte Durand eiskalt erwischt. Anna bemerkte, wie er überrascht die Augenbrauen hochzog.
Michi hatte es auch gesehen.
Das war nicht ihr Mann.
Die Anspannung fiel von Anna ab, gleichermaßen stieg Angst und Unbehagen in ihr auf. Wenn er es nicht war, dann war Michis Spur in einer Sackgasse geendet.
Somit hatten sie wieder einmal nichts in den Händen. Anna wusste nicht, wie die nächsten Ermittlungsschritte aussehen könnten.
Na gut, der Bericht der Rechtsmedizin zum Dreifachmord stand noch aus. Aber die letzten Male hinterließ der Täter ihr auch keine Botschaft. Sollte es diesmal anders sein?
»Hast du noch Fragen?«
»Bitte? Ähm, ach so, nein. Vielen Dank.«
Während sie mit der Befragung bereits abgeschlossen hatte und in Gedanken versunken war, hatte Michi die

Vernehmung noch professionell zu Ende führen wollen.
Durand verabschiedete sich höflich von den beiden Polizisten, stand auf und verließ das Zimmer.
Kurz darauf verließen auch die beiden Polizisten das große Kaufhaus und verschwanden im Schneetrubel der Nordstadt.
Der Mann sah ihnen durch die vereisten Schaufenster hinterher. Er fragte sich, was sie wohl herausgefunden hatten. Dann wandte er sich ab. Ein freundlich aussehender kleiner Mann ging an ihm vorbei, an seiner Hand ein kleiner Junge. Eine Mutter war nirgends zu sehen.
Der Mann horchte in sich hinein. Keine Fehler. Dieses Mal musste er gründlicher sein.

Kapitel 5

Dieses Mal musste er gründlicher sein.

Es hatte schon so oft reibungslos funktioniert. Mittlerweile hatte der Mann sein Vorgehen perfektioniert.

Nachdem er den Jungen bewusstlos in seinem Kinderzimmer zurückgelassen hatte, würde er jetzt sein Putzprogramm durchziehen, um dann den Abend mit dem Höhepunkt abzuschließen. Im Dunkeln stieg er die Wendeltreppe wieder hinab. Unten angekommen, griff er nach seinem Rucksack, den er nach Eintritt in das Wohnhaus neben der Eingangstür abgelegt hatte.

Er öffnete das große Reißverschlussfach und entnahm ihm einen Einwegoverall. Er streifte den weißen Anzug über, setzte eine FFP2-Atemmaske auf und ging in die Küche.

Bevor er mit der Reinigung beginnen würde, müsste er das Finale noch vorbereiten. Er ging in die Knie und warf sich den kleinen Mann mit einem Ruck über die Schulter, als wäre er leicht wie eine Feder.

Er trug den betäubten Lehmann ins Wohnzimmer. Eine Sitzecke bestehend aus einer Couch, einem Sessel und einem Fußhocker schien der perfekte Ort zu sein. Er platzierte

Lehmann direkt neben dem Sessel. Ohne ihn eines weiteren Blickes zu würdigen, verließ der Mann das Wohnzimmer und suchte in seinem Rucksack nach dem Reinigungsmittel und den frisch verpackten Reinigungslappen. Er zog den Einweghandschuh an seinem linken Handgelenk ein wenig zurück, um auf seine Digitaluhr zu blicken. Er musste sich sputen. Es war bereits 20:30 Uhr.

Mittwoch, 13. Dezember, 08:23 Uhr

Michi

Michi war verzweifelt. Er hatte sich vor Anna gestern nichts anmerken lassen wollen, aber ihn berührte dieser Fall immer mehr. Auch ihn ließ der Tod der beiden ermordeten Kollegen nicht kalt. Auch ihn belastete das Schicksal der zurückgelassenen Kinder.

Über die Jahre seiner Ermittlungszeit beim Bundeskriminalamt hatte Michi sich einen emotionalen Schutzwall erbaut. Eine Mauer aus Stein, die ihn vor den Grauen der Welt abschirmte.

Das war eine sehr wirkungsvolle Methode, so konnte er sich nüchtern und ohne Wut im Bauch den objektiven Spuren widmen.

Wie ein Verwaltungsbeamter, der die Kostenabrechnung eines Stadtfestes durchrechnet, war Michi in der Lage, wertungsfrei die Geschichte des Täters nachzuerzählen und einfühlsam nachzuvollziehen, warum er machte, was er machte. Menschen wie Anna waren zu einem solchen Ansatz nicht in der Lage. Sie wurden schnell von ihren Emotionen übermannt. Verständlich, aber auch gefährlich. Man verliert zwei Dinge, wenn man sich zu tief in einen Fall eingräbt.

Den Blick für das Sachliche und das Verständnis für rechtsstaatliches Vorgehen. Ja, das Vorgehen deutscher Behörden konnte langsam und bürokratisch sein, aber genau das hatte

auch Vorteile.
Oder wäre ein Land besser, in dem sich der Polizist, der einen, dem Anschein nach, schuldigen Massenmörder stellt, sich zum Richter und Henker erklärt und den Mann an Ort und Stelle über den Haufen schießt?
Gewiss, ein extremes Beispiel. Doch spinnt man es weiter und es stellt sich später heraus, dass der Täter einen Zwillingsbruder hatte und dieser ihn nur von seinem nächsten Mord abhalten wollte, spiegelt sich in dieser Situation - wie in vielen anderen, komplexen Fällen – der Sinn und die Notwendigkeit sachlicher Ermittlung und klarer Gewaltenteilung.
Vorgehen und Verfahren müssen sich stets auch an Extremen messen lassen, um in ihrer Komplexität auch in außergewöhnlichen Fällen bestehen zu können.
Anna würde möglicherweise auch im Extremen bestehen. Doch die Hand würde Michi dafür nicht ins Feuer legen. Sie war äußerst impulsiv. Michi erinnerte sich, wie sie in die dunkle Wohnung voran stürmte. Was hätte sie getan, wenn der Mörder noch über den Leichen ihrer ermordeten Kollegen gestanden hätte?
Rechtliche Schritte und staatliche Kontrollmaßnahmen sollen Übersprunghandlungen verhindern. Manchmal stört man sich daran, auch Michi, aber einen frei drehenden Ermittler wollte auch niemand. Oder doch?
Michi erinnerte sich an einen Fall, bei dem er einen Mann festgenommen hatte, der ein kleines Mädchen vergewaltigt und getötet hatte.
Die Mutter schoss den Täter, vor den Augen der

Öffentlichkeit noch im Gerichtssaal, brutal mit sechs Kugeln in den Rücken nieder.
Die Presse berichtete detailliert und wochenlang über den Fall und interviewte auf der Straße zufällig vorbeilaufende Passanten und fragte sie, wie sie zur Schuld der Mutter standen. Eine überwiegende Mehrheit hatte großes Verständnis für die Frau und einige forderten sogar einen noch grauenhafteren Tod für den Vergewaltiger.
Dabei stellte niemand die Frage, ob der Mann überhaupt schuldfähig war oder ob er krankhafte pädophile Neigungen hatte, die er über vierzig Jahre unterdrückt hatte.
Doch Hass ist mächtiger als Vernunft und es widerspräche jeder Vernunft, einen nicht Schuldfähigen, der auf Grund seiner Krankheit ein schreckliches Verbrechen begangen hat, kaltblütig zu töten. In einem Rechtsstaat muss zunächst die Schuldfähigkeit festgestellt werden. Ein komplexer, oft das Verfahren verzögernder Schritt. Ein vom Gericht bestellter Psychologe oder Psychiater muss sich mit allen Fallakten auseinandersetzen, den Täter stundenlang befragen und dann einen oftmals über sechzig Seiten langen Bericht verfassen, der dann auch noch von den Richtern und Anwälten gelesen und ausgewertet werden muss.
Wäre es nicht besser, ja gerechter den Täter einfach zu hängen? Nein, Recht ist, ihn lang, vielleicht lebenslang in einer forensischen Klinik unterzubringen, in der er niemanden mehr verletzen kann und ihm wirklich geholfen wird?
Vielleicht könnten nicht alle Menschen diese Sichtweise nachvollziehen und vielleicht brauchte man einen Schutzwall, wie Michi ihn um sich gezogen hatte, damit man über

die Vergewaltigung des kleinen Mädchens nicht den Verstand verlor.
Dieser Fall, dieser Täter indessen. Der Adventmörder - ein fürchterlicher Name übrigens - war anders als seine letzten Fälle. Sein Schutzwall begann zu bröckeln, als er Anna weinend am Boden sah und er selbst das totgeglaubte Kind suchte.
Michi war heilfroh, dass Anna seine Ängstlichkeit zuvor nicht mitbekommen hatte. Wie er sich verzweifelt im Dunkeln an die Wand gepresst hatte. Angst vor der Dunkelheit. Eine Schande. Wie hätte er nur dagestanden vor der jungen Polizistin?
Lange hatte er keinen vergleichbaren Enthusiasmus mehr in ihm gespürt.
Und dann die Enttäuschung, als seine einzige Spur ins Nichts verlaufen war.
Jetzt war es ohnehin egal. Anna hatte mit ihm abgeschlossen. Auch wenn er noch bleiben wollte, so würde sie auf seine Worte vermutlich nicht mehr hören.
Als sie seiner toten Spur nachgelaufen waren, dachte Michi, er hätte eine Verbindung zwischen ihnen gespürt. Wachsende Sympathie, die in Anna aufgestiegen war.
Doch dann, mit seinem Versagen, geplatzt.
Michis Chef hatte ihn gestern Abend angerufen und nach einem Zwischenstand gefragt.
»Alles läuft in die richtigen Bahnen.«, hatte Michi gelogen. Doch sein Gesprächspartner war nicht überzeugt.
»Ich höre von dem Polizeiinspektionschef, dass Ihre Arbeit keine sichtbaren Früchte trägt.«

Anna hatte Michis Scheitern schon weitergemeldet.
Beschämt bat Michi seinen Chef dennoch, ihn nicht sofort zurückzubeordern, sondern ihm noch vierundzwanzig Stunden Zeit zu geben, ein neues Profil zu entwickeln und seinen Fehler wieder gut zu machen.
»In Ihrem Sinne, Wehrmann, hoffe ich, dass Sie etwas finden. Ansonsten muss ich Sie abziehen. Hier stapelt sich die Arbeit. Der Adventsmörder ist nur ein Fall von vielen!«
Er legte auf, ohne sich zu verabschieden.
Was ein Arsch. Sein Chef mochte Michis Art und Weise nicht, sich streng an Vorschriften und Dienstwege zu halten. Er war ähnlich impulsiv wie Anna. So waren die beiden BKA-Beamten schon häufiger aneinandergeraten und Michi wusste, dass er nur nach einem Vorwand suchte, ihn in eine andere Abteilung zu versetzen. Doch da Michi sich streng an die Vorschriften hielt, konnte man ihm bisher nichts anhaben.
Aber natürlich wäre sein jetziges vordergründiges Versagen ein gefundenes Fressen. Immerhin war das kein Stoff für einen positiven Bericht in der Presse und kein Behördenleiter ließ schlechte Presse ungesühnt. Damit die oberen Etagen ihre Posten behalten konnten, müssten sie nur einem Mitarbeiter die Schuld geben und konnten verlautbaren, man habe Konsequenzen gezogen und interne Maßnahmen ergriffen.
Michi brauchte eine neue Idee, eine Eingebung. Hatte er was übersehen?
Er saß in seinem Hotelzimmer auf dem Bett. Vor und um sich lagen die Aufzeichnungen der letzten Tage.
Am aktuellsten war eine Kopie des Berichtes aus der

Rechtsmedizin. Dr. Mainhardt beschrieb ausführlich die Verletzungsmuster der Opfer und Michi konnte unter Berücksichtigung seiner Begehung des Tatortes den Ablauf für sich rekonstruieren.

Der Mörder wurde am frühen Sonntagabend durch die Tür hineingebeten. Falls sich Opfer und Täter doch nicht gekannt hatten, dann hätte er eine überzeugende Lüge vorbringen müssen. Eine Polizeiuniform? Ein gefälschter Ausweis?

Ausweis? Michi dachte angestrengt nach. Was hatte es mit dem Gedanken auf sich, dass er ihn so festhielt?

Egal, dachte Michi, weiter im Text.

Er betritt die Wohnung. Betäubt den Vater, im Glauben, das Kind sei irgendwo in der Wohnung.

Dann muss er das Kind gesucht haben. Hatte er auch die Hinweise auf die Mutter gefunden, genau wie Michi?

Wahrscheinlich. Er lässt sich Zeit. Denn er verursacht keinen Lärm beim Eindringen. Die Nachbarn bekommen nichts mit. Normalerweise. Doch die Wohnung war so hellhörig, dass der Nachbar von unten die dumpfen Schläge gehört hatte.

Er ruft die Polizei. Diese braucht nur drei Minuten bis zum Ereignisort, weil sich die Streife in der Nähe befindet.

In dieser Zeit reinigt der Mörder die Tatwaffe und stellt in diesem Fall den Teekessel zurück in den Schrank.

Dann klingelt die Polizei. Der Mann versteckt sich in der Küche. Das Licht ist ausgeschaltet. Er hofft, dass sie wieder gehen.

Die Polizei hat aber Hinweise auf ein Gewaltverbrechen und bricht die Tür auf.

Gefahr im Verzug. Keine Zeit für Verstärkung. Ob die

Beamten vermuteten, dass es sich um den Adventmörder handelte?
Sie durchsuchen systematisch alle Zimmer. Abgelenkt vom Fund der Leiche, setzt die Kollegin einen Funkspruch an die Zentrale ab. Der andere Kollege betritt allein die Küche. Als er langsam um die Kücheninsel geht, die Waffe im Anschlag, wartet der Mann in den dunklen Schatten der Küchenzeile. Er nutzt den Moment und überrascht den ahnungslosen Polizisten von hinten. Er ergreift den Kopf des Mannes.
Mit einer immensen Kraftanstrengung dreht er den Kopf ruckartig zur Seite, wodurch die oberen Halswirbel bricht. Der Polizist geht direkt zu Boden. Durch den Bruch ist das Hirnmark beschädigt, der Hirnstamm kann das Atemzentrum nicht mehr koordinieren. Der Polizist erstickt jämmerlich, während der Mann ein langes Küchenmesser aus einem hölzernen Messerblock zückt. Die Kollegin hört ihren Partner, der in der Küche vergebens nach Luft schnappt. Sie stürzt zu ihm. Der Mann duckt sich um die Kücheninsel herum und greift erneut von hinten an.
Erzürnt über den misslungenen Tag, hält er die Frau mit der einen Hand am Gesicht fest, während er mit dem Messer in der anderen seinem Zorn freie Luft lässt und immer wieder auf den Körper der hilflosen Frau einsticht.
Als er genug hat, stößt er ihr das Messer in die Kehle.
Dann verlässt er die Wohnung. In ungeordneter Hektik vergisst er die Tür zu schließen.
Hat er sonst noch etwas vergessen?
Warum waren nie DNA-Spuren von ihm am Tatort?
Wahrscheinlich zog er eine Art Overall an, während das

Opfer betäubt war und reinigte alle seine Spuren. Nach den Tötungen der beiden Polizisten, hatte er aber keine Zeit mehr gehabt. Er musste damit rechnen, dass jeden Moment Verstärkung eintraf.

Also musste er sich auf dem Weg durchs Treppenhaus von seinem Overall entledigen. Sollte ihm dabei jemand begegnet sein?

Michi schnappte sich Mütze, Schal und Handschuhe und verließ das Hotelzimmer. Unterwegs zur Bushaltestelle, prüfte er über sein Smartphone die Verbindungen des öffentlichen Nahverkehrs. Ziel war der letzte Tatort.

Wegen des anhaltenden heftigen Schneetreibens waren viele Verbindungen ausgefallen. Doch mit nur zwei Verzögerungen schaffte es Michi, innerhalb einer Stunde vor dem Mehrfamilienhaus zu stehen, welches er am Sonntagabend zum ersten Mal betreten hatte.

Das Treppenhaus war schnell von der Polizei wieder freigegeben worden. Michi klingelte bei einem der unten lebenden Bewohner. Eine Rentnerin öffnete ihm die Tür und ließ ihn hinein, nachdem er sich vorgestellt hatte.

Er befragte sie zu ihren Wahrnehmungen vom Sonntag. Sie sei früh schlafen gegangen und habe von alldem nichts mitbekommen, versicherte sie ihm.

»Erst als ihre Kollegen mich wach geklingelt haben. Da bin ich aufgestanden. Ich wollte denen erst mal die Leviten lesen, mich um diese Uhrzeit noch zu stören.«

Michi verabschiedete sich von der Dame und ging von Wohnungstür zu Wohnungstür. Nur der Nachbar unter dem Opfer, Herr Müller hatte etwas mitbekommen:

»Wie ich Ihren Kollegen schon gesagt hatte, hörte ich dumpfe Schläge. Davor hatte ich auch Stimmen von oben gehört und Schritte. Und ich wusste ja, dass Ralf über das Wochenende allein war, Außerdem waren es eindeutig zwei männliche Stimmen von oben.«

»Haben die sich gestritten?«, wollte Michi wissen.

»Nein. Ich habe fast jedes Wort verstanden. Sie sprachen sehr freundlich miteinander.

Der Fremde hatte wohl irgendetwas zurückgebracht, was Ralf verloren hatte.«

»Warum haben Sie das denn nicht schon meinen Kollegen erzählt?« Michi spürte, wie sein Schutzwall schwächer wurde und der Anflug von Zorn in ihm aufkam.

»Mein lieber Herr», sagte Müller: »Die haben nicht danach gefragt. Die wollten nur wissen, warum ich, wann die Polizei gerufen hatte.«

Michi bedankte sich und grübelte.

Jetzt wusste er, was ihn die ganze Zeit beschäftigt hatte. Es würde ihn nicht direkt zum Täter führen, aber es gehörte zu seinem Vorgehen.

Um Gewissheit zu bekommen, brach Michi das Polizeisiegel der Wohnungstür des Opfers und betrat die dunkle Wohnung.

Er ärgerte sich, dass er sich immer noch keine Taschenlampe zugelegt hatte. Doch das Licht funktionierte.

Die meisten Gegenstände waren durch die Forensik bereits fortgeschafft worden, doch Michi hoffte, dass sie dieses Detail übersehen hatten.

Neben dem Eingang auf dem langen Schuhschrank lag der

Gegenstand, nach dem er gesucht hatte. Ein braunes, ledernes Portemonnaie. Hastig öffnete er es. Zum Glück hatten es die Leute von der Spurensuche hiergelassen. Er wollte nicht nochmal auf dem Polizeirevier die Pferde scheu machen, um dann erneut zu scheitern. Nicht erneut vor Anna treten ohne weiteren Hinweis.

Und dann fand er ihn. den Hinweis, das fehlende Puzzlestück, der Grund, warum man dem Täter freiwillig und dankbar die Tür öffnete.

Im vordersten durchsichtigen Fach steckte der Personalausweis von Ralf Peters.

Donnerstag, 14. Dezember, 09:30 Uhr

Martina

Als Martina Heinrichs an diesem Morgen spät erwachte, war sie ausgeschlafen und blickte fröhlich optimistisch auf den kommenden Tag.
Die dreißigjährige Journalistin konnte sich nicht vorstellen, dass sie heute einen der stressigsten und gleichzeitig für ihre Karriere den förderlichsten Tag erleben würde.
Jeder andere Mensch, der in ihrer aktuellen Situation stecken würde, wäre mitnichten in ihrer positiven Stimmung gewesen.
Aber nichts vermochte es, ihr ihre fröhliche Weihnachtsvorfreude zu nehmen. Zudem liebte sie weißen Schnee abgöttisch. So hatte sie das plötzliche Abschneien von tausenden von Tonnen Neuschnee fasziniert. Auch wenn das bedeutet, dass sie einige Tage in der Nordstadt bleiben musste. Für die abenteuerlustige Frau, eine tolle Gelegenheit, die zweitgrößte Stadt des deutschen Nordens zu erkunden, über den Weihnachtsmarkt zu schlendern und Glühwein zu schlürfen. Vielleicht würde sie auch eine kleine Weihnachtsparty ausfindig machen können.
Martina war erst vor zwei Jahren als Quereinsteigerin zu einem lokalen Zeitungsblatt nach München gewechselt.
Eigentlich war sie ausgebildete Krankenschwester, aber nachdem ihre Arbeitszeiten dort immer unflexibler

geworden waren und sie das Elend des deutschen Gesundheitssystems nicht mehr ertragen konnte, musste sie umdisponieren.
Sie brauchte auch einen Ortswechsel. Sie wollte, noch bevor sie alt und grau war, mehr von der Welt gesehen haben. Da ihre Großmutter Marla, die Mutter ihres Vaters, vor etlichen Jahren nach Schweden ausgewandert war, um dort ihren Lebensabend zu verbringen, durchsuchte Martina das Internet nach einem englischsprachigen Literaturstudium in Schweden.
An der Universität Göteborg wurde sie fündig. Die zweitgrößte Stadt Schwedens offerierte ihr zudem ein großes kulturelles Angebot und natürlich eine aufregende Partyszene.
Martina war glücklich in Schweden, da ihre Großmutter nur eine Autostunde von Göteborg entfernt in einem kleinen Dörfchen lebte, besuchte sie die allein wohnende, herzliche Dame häufig und mittlerweile verband sie mehr als nur das verwandtschaftliche Verhältnis.
Doch plagte Martina starkes Heimweh. Sie war wohl doch nicht gemacht, für das Leben fernab der Geburtsheimat. Sie vermisste ihre Mutter und ihre beste Freundin. Auch wollte sie mal wieder auf Deutsch angeflirtet werden. Die schwedische Sprache war wundervoll in ihrer eigenen Art, doch sie eignete sich nicht wirklich, um die Flammen der Erotik zu entfesseln.
Auch lief ihr Studium nicht so gut, wie Martina es sich vorgestellt hatte. Ob es die alte englische Literatur war, die einen anderen Anspruch an das Sprachvermögen stellte, als amerikanischen Serien und Romanzen oder doch die hohe

Kadenz der Partyabende. Die Antwort lag wohl irgendwo dazwischen.
So widmete sich Martina nach drei Semestern schließlich dem Gedanken eines anderen beruflichen Weges.
Schon immer hatte sie sich für die Lebensgeschichten von anderen Menschen interessiert. Sie liebte es zu lesen und selbst kleinere Geschichten zu verfassen. Eines Abends lernte sie auf einer Studentenparty im Unikeller einen gutaussehenden und charmanten Kameramann kennen. Dieser hatte über einen guten deutschen Freund hervorragende Verbindungen zu einer Redaktion einer regionalen Tageszeitung in München. Journalismus war ein Berufszweig, dem Martina etwas abgewinnen konnte. Der Kameramann konnte einen Kontakt herstellen und Martina bewarb sich um eine Festanstellung bei der Zeitung.
Sie wurde abgelehnt. Aber man motivierte sie nach einem zweijährigen Volontariat, sich erneut zu bewerben. In der Zeit des Volontariats würde sie zwar nur ein kleines Gehalt bekommen, aber sie würde das Rüstzeug einer guten Journalistin in der Praxis erlernen und mit etwas Glück könne man ihr dann einen festen Job anbieten.
Martina, möglicherweise etwas naiv, liebte aber das Risiko, brach ihr Studium in Göteborg ab und begann eine Ausbildung zur Reporterin in ihrer Heimatstadt München.
Sie war eine begabte Schreiberin, aber ihr fehlte es an der großen Story. Den richtigen Riecher für die eine Sensation, die sie an die Spitze der Warteliste für eine Festanstellung katapultieren würde.
Martina wollte ihre Großmutter über die Weihnachtszeit in

Schweden besuchen. Sie hatte sich einen großzügigen Urlaubszeitraum eingeplant, denn die weite Anreise sollte sich schließlich lohnen. Mit dem Auto war sie gestern aus ihrer Sicht in aller Frühe um 08:00 Uhr losgefahren.
In Nordstadt hatte sie ein Hotelzimmer gebucht, um sich die Strecke von knapp eintausenddreihundert Kilometer in zwei Tagesetappen einzuteilen.
Das heftige Schneetreiben hatte sie genauso überrascht wie alle anderen.
Da sie von ihren eigenen Fahrkünsten eher weniger überzeugt war und auch mit diesem überbreiten Mietwagen nicht gut klarkam, entschied sie sich, mindestens einen Tag in Nordstadt zu verweilen. Die Hotelbuchung konnte sie glücklicherweise problemlos verlängern, ohne dass sie ihr Zimmer wechseln musste.
Ihre Großmutter hatte sie schon gestern telefonisch erreicht und mitgeteilt, dass sie doch noch einen zweiten Tag hierbleiben würde. Der Wetterbericht hatte ab Morgen ein schnelles Auftauen bei Mindesttemperaturen von sechs Grad Celsius angekündigt.
Am gestrigen Tag hatte sie sich schon intensiv mit der nordstädtischen Shopping-Szene befasst und war abends über den wunderschönen Weihnachtsmarkt geschlendert.
Heute wollte sie den Tag dem kulturellen Angebot widmen. Sie hatte schon zwei Museen und eine Kunstgalerie im Sinn. Doch zunächst würde sie den Tag ganz entspannt beginnen. Auf das übersichtliche Hotelbuffet hatte sie heute aber keine Lust.
Und so duschte sie sich, zog sich warme Winterkleider an

und machte sich auf. Sie zog durch die verschneiten Gassen der Altstadt, auf der Suche nach einem niedlichen kleinen Café.
Sie bewunderte die fröhlichen kleinen Geschäfte in diesem Viertel. Sie hatten nichts von dem Treiben der anderen Großstädte, die Martina schon besucht hatte. Es war, als wäre sie einige Epochen zurück in die Vergangenheit gereist.
Völlig entschleunigt ging sie von Schaufenster zu Schaufenster, die ausnahmslos alle mit herrlichem weihnachtlichem Schmuck bestückt waren.
Weil sie schon vergessen hatte, warum sie unterwegs war, meldete sich protestierend ihr leerer Magen.
Sie fokussierte ihre Suche auf eine Bäckerei oder ein Café.
Als sie an einem kleinen Zeitungsstand vorbeikam, hielt sie ihrer beruflichen Neugierde folgend inne und durchforstete die verschiedenen Zeitungen.
Es interessierte sie ungemein, was hier ein mit ihrem vergleichbares, kleines Regionalblatt zu berichten hatte.
Sie entschied sich für eine Tageszeitung, die ein herrliches honigfarbenes Papier verwendete.
Nachdem sie das Blatt bezahlt hatte, machte sie sich weiter auf die Suche nach ihrer Frühstücks-Location.
Schließlich fand sie ein gemütliches Eckcafé, welches von außen winzig wirkte, drinnen aber eine Menge Sitzgelegenheiten bot.
Sie ließ sich in einer Ecke direkt neben einer warmen Heizung auf einen braunen Sessel fallen. Kurz studierte sie die Speise- und Getränkekarte und bestellte dann bei einer jugendlich wirkenden Kellnerin einen großen Milchkaffee und

zwei belegte Brötchen.
Um die Wartezeit zu überbrücken, schlug Martina die Tageszeitung auf und überflog die Titelgeschichten.
Eine der Headliner weckte sofort ihr Interesse und sie begann zu lesen:
»Keine Spur zum Advent-Killer!
NORDSTADT. Es gäbe nach wie vor keine Spur zum sogenannten Advent-Killer, so der Polizeisprecher gestern bei einer einberufenen Pressekonferenz mit dem Bürgermeister und Vertretern der Staatsanwaltschaft sowie der Polizei.
Es sei ein großes Drama, was sich in unserer ansonsten so friedlichen Stadt ereigne. Die Polizei tue alles, was sie könne. Man habe bereits Unterstützung vom Bundeskriminalamt erhalten, doch scheint der Massenmörder, der seine Opfer gezielt aussuche, keine Spuren zu hinterlassen.
Besondere Tragik hatte der Fall am vergangenen Sonntag erfahren, als der unbekannte Mörder von einer Polizeistreife gestellt worden war, aber es schaffte zu entkommen. Dabei habe er nicht nur sein Opfer, Ralf P. brutal erschlagen, sondern auch die beiden Polizisten ermordet.
Die Ziele des psychopathischen Killers sind stets alleinerziehende Väter, wobei ihm bei seinem letzten Mord wohl ein Fehler unterlief, denn Ralf P. war mitnichten alleinerziehend, seine Freundin und Mutter ihres gemeinsamen Kindes, war über das Wochenende mit der kleinen Tochter im Urlaub gewesen.
Unverständlich für uns Bürger scheint aber dennoch, warum der auf bekannte Weise jeden Adventsonntag mordende Täter, nach fast zwei Jahren nicht gefasst werden kann. Unsere

Polizei scheint völlig überfordert zu sein und Fragen nach personellen Konsequenzen werden immer lauter.
Der Bürgermeister versprach der Polizei auf der Pressekonferenz jedwede Unterstützung, doch was genau damit gemeint ist und wie es zum Erfolg der Ermittlungen beitragen soll, blieb offen.«
Martina war wie erstarrt. Konnte das ein Zufall sein?
Vielleicht war es ein Trittbrettfahrer?
Doch möglicherweise war es derselbe Mann und die Polizei in Nordstadt war völlig ahnungslos.
In diesem Moment wusste Martina, dass ihr Tag ganz anders laufen würde als geplant. Und vielleicht nicht nur der heutige Tag, sondern der gesamte Weihnachtsurlaub.
Sie zog mit zittrigen Händen ihr Smartphone aus der Tasche und öffnete das Wahlfeld.
Ihre Finger rutschen rasch über das Display. 1-1-0 hatte sie gewählt. Langsam wanderte ihr Daumen zum grünen Hörer.
Doch dann zögerte sie.
War das ein akzeptables Verhalten einer Journalistin?
Sollte sie sich nicht vorher versichern, dass sie sich nicht falsch erinnerte und sollte es nicht auch ihr Vorteil sein, als Journalistin diese Geschichte zu erzählen.
Wenn es nicht anders ginge, dann könnte sie doch noch in ein oder zwei Stunden den Notruf wählen oder sich direkt an eine Polizeistation wenden, aber bis dahin würde sie versuchen, Informationen zu sammeln und zu überprüfen.
Sie löschte die Nummer aus dem Display und wählte über ihre Kontakte »Omi Heinri« aus und bestätigte den Anrufwunsch.

Der Verbindungsaufbau dauerte einige Sekunden, dann tutete es fünfmal, bis sich ihre Großmutter Marla aus Schweden meldete:
»Hallo, mein Kind. Schön dich zu hören. Was macht das Schneetreiben bei dir?«
»Bestens Omi. Du, es ist etwas passiert. Ich brauche deine Hilfe.«
Die Gesprächspartnerin auf der anderen Seite klang besorgt: »Ist alles in Ordnung, Tinchen?«
»Mir geht's gut, ehrlich, aber ich habe gerade einen Zeitungsartikel gelesen.«
Sie berichtete ihrer Großmutter Marla von dem Inhalt des Artikels. Schon das leise Atmen ihrer Oma bestätigte ihren Verdacht. Ihr kam die Geschichte auch bekannt vor.
»Das ist ja unglaublich.«, sagte sie: »Ich halte das kaum für möglich. Ich weiß, worauf du hinauswillst. Das ist genau der Fall, von dem ich dir erzählt habe.»
Martina schluckte, sie hatte Recht gehabt.
Während eines Besuches bei ihrer Großmutter vor etwa drei Jahren, waren sie abends gemütlich im Kaminzimmer bei knisternden Flammen zusammengesessen. Martina fing an, kurze Geschichten zu erfinden und ihrer Großmutter zu erzählen.
Ihrer Omi gefielen die Geschichten und nachdem Martina eine grauenvolle Horrorgeschichte zum Besten gegeben hatte, fing Marla an, ihr eine ähnlich grausige Geschichte zu erzählen. Nur war sie nicht erfunden.
Eines verschneiten Winters tötete ein unbekannter Mann an jedem Adventsonntag einen alleinerziehenden Vater. Er ließ

die Kinder elternlos zurück und die Polizei fand keine Spuren, denen sie nachgehen konnten. Ebenso plötzlich, wie die Morde angefangen hatten, hörten sie auch wieder auf. Der Mörder schien verschwunden. Vielleicht war er gestorben. Doch vielleicht war er auch nur fortgezogen. Vielleicht war die Luft zu dick geworden, die Schlinge um seinen Hals zu eng und er musste räumlichen Abstand gewinnen.
»Erinnerst du dich noch, Omi, wann die Morde genau anfingen und wann sie endeten?«
»Erinnern? Ich bin dreiundachtzig Jahre alt, mein Kind. Wo denkst du hin? Aber ich habe die interessantesten Artikel aufbewahrt.
Ich such sie dir raus.«
»Wie lange brauchst du?«, wollte Martina ungeduldig wissen.
»Ich rufe dich in einer halben Stunde wieder an.«
»Danke, Omi. Bis gleich.«

Donnerstag, 14. Dezember, 12:00 Uhr

Anna

»Kommen Sie heute schon wieder nicht mit zum Mittagessen?«

Anna blickte von ihrem Schreibtisch hoch. Möllers, der Chef der Polizeiinspektion, stand in ihrem Türrahmen.

»Nein, danke. Ich hab wieder was dabei.«

Anna konnte es nicht ausstehen, jeden zweiten Tag dasselbe Angebot zu bekommen, obwohl die Kollegen wussten, Möllers insbesondere, dass sie sich die Zeit für das fade Kantinenessen nicht nahm.

Sie holte sich seit Monaten nun schon ihr Essen vom Imbiss, schmierte sich zuhause ein paar Toastscheiben oder aß auch mal gar nichts.

Sie wusste ihre Zeit sinnvoller zu nutzen, als die Kollegen, die sich über eine zu hohe Auftragslast und Überstunden beschweren, aber anderthalb Stunden Zeit am Tag zu finden, um bei einem schlechten Wiener Schnitzel mit fettigen Pommes über Belanglosigkeiten zu lästern.

Anna wusste, dass sie sich mit dieser Einstellung bei den Kollegen in letzter Zeit nicht besonders beliebt gemacht hatte. Aber wenn sie endlich diesen verdammten Mörder geschnappt haben würde, dann würde sie es wieder gut machen.

Denn die nächsten vierzig Jahre Dienstzeit wollte sie ungern

so weiter machen und als einsame Wölfin verschrien durch die Welt ermitteln.
Das hatte sie gemerkt, als sie mit Michi zusammen unterwegs gewesen war. Es hatte ihr gut getan, sich über den Fall und mögliche Theorien auszutauschen. Auch fühlte sich Anna sicherer, wenn sie nicht allein Mörder jagen musste.
Sie erinnerte sich, welch sicheres Gefühl Michis ruhige Präsenz ihr vermittelt hatte, als der stämmige Gewichtheber durch die Bürotür bei »KIDS-PARADISE« gekommen war. Doch das war nun vorbei.
Michis Theorien waren wie ein Kartenhaus in sich zusammengefallen. Jetzt hatte sie nichts mehr außer ihrer zertrümmerten Hoffnung. Hoffnung, die Michi mit seinen magischen Psychotricks in ihr geweckt hatte.
Nun saß sie allein vor ihrem Schreibtisch und wusste nicht, was sie tun sollte.
Sie wusste nicht, warum sie nicht einfach weinen sollte.
Dann weinte sie.

Donnerstag, 14. Dezember, 13:25 Uhr

Martina

Martina saß in ihrem Hotelzimmer mit verschränkten Beinen auf ihrem Bett. Sie hatte sich die Winterklamotten ausgezogen und sich mit bequemen Sportsachen in ihre Decke eingekuschelt. Auf dem Nachttisch stand eine halbvolle Tasse dampfender Zitronentee.
Auf ihrem Tablett überflog sie verschiedene Artikel zu der Mordserie, die ihr ihre Oma mit Hilfe eines Nachbarn abfotografiert und per E-Mail zugesandt hatte.
Sie bestätigten ihr, was sie bereits wusste und ordneten die Geschehnisse für sie.
Dann, als sie sich einen zufriedenstellenden Überblick verschafft hatte, nahm sie erneut ihr Smartphone und wählte die Nummer ihres Kollegen Willi, der sich um diese Uhrzeit im Büro in München aufhalten sollte.
»Hey, Matti, du alte Limbo-Königin.«
Martina überging die Anspielung auf ihre letzte Firmenfeier und grüßte Willi nett zurück.
»Gut, dass du anrufst, ich muss dich noch was zu deinem letzten Artikel über die Salmonellenvergiftung bei »Chai-Palace« fragen. Die alten Knauser wollen uns nämlich verklagen. Hast du wirklich geschrieben, dass es Haare in der Erdnusssauce gab?«
»Die gab es doch auch.«, sagte Martina trotzig.

»Hey, ich bin voll bei dir. Aber ihr Anwalt will auf Unterlassung klagen, weil du in der Mehrzahl sprichst und nicht von einem einzigen Haar.«
Martina wollte sich über die Wortklauberei aufregen, vergaß aber nicht, warum sie eigentlich angerufen hatte und lenkte um: »Darüber können wir ein anderes Mal sprechen. Willi, du musst mir helfen. Ich bin hier wahrscheinlich auf eine Sensation gestoßen.«
»Was für eine Sensation, Matti?«, fragte Willi neugierig.
Martina berichtete ihm grob, worum es ging. Nur zu viele Details wollte sie ihm lieber nicht nennen. Sie mochte Willi zwar, aber der Konkurrenzdruck in der Redaktion war riesig.
»Das klingt ja nach einem echten Hammer! Das wäre der Wahnsinn. Ich sehe Follow-Me-Reports, eine True-Crime-Doku und vielleicht sogar einen Podcast.«
Bei dem du mich natürlich gerne unterstützen würdest, dachte Martina schelmisch.
»Pass auf, Willi, ich nehm dich als Podcast-Partner, aber dafür connectest du mich mit deiner Quelle beim Bundeskriminalamt. Die sind nämlich auch schon an der Sache dran.«
Kurze Stille auf der anderen Leistungsseite.
»Naja, du weißt, ich habe eine sehr verlässliche Quelle beim BKA. Der hat immer gute Infos.«
»Ja. Den meine ich. Bitte lass mich dich nicht anflehen.«
Willi lachte schallend: »Schon gut, Martina. Ich ruf ihn an und frag, ob er dich connecten kann.«
»Danke, Willi und bitte beeil dich. Ich möchte nicht schuld sein, wenn der Killer nochmal zuschlägt.«
Sie legte auf.

An ihrem Tee nippend dachte sie über die nächsten Schritte nach. Im besten Fall würde sie sehr bald direkt mit einem Kriminalisten sprechen, der mit dem Fall betraut war. Dann könnte sie ihm zeigen, was sie alles herausgefunden hat und ihn nett um die Exklusivrechte zu bitten.
Ihr waren auch Varianten durch den Kopf gewabert, wo sie erst mit den Informationen rausrückte, wenn sie eine schriftliche Vereinbarung darüber getroffen hätten. Aber ihr kam es zum einen dumm vor, die Polizei zu erpressen und zum anderen hätte sie sich auch schlecht gefühlt, ihre steigenden Karrierechancen zur Bedingung zu machen.
Das Telefon klingelte.
Es war Willi: »Okay, Matti. Ich habe meine Quelle erreicht. Er hat von dem Fall gehört, ist selbst aber nicht involviert. Er kennt den Ermittler, der der lokalen Kriminalpolizei beratend zur Seite steht. Es ist ein Fallanalytiker.
Er soll aber ein Arsch sein. Meine Quelle ist zumindest kein großer Fan.«
»Wenn es weiter nichts ist. Mit Arschlöchern werde ich schon fertig.«
»Du bestimmt, Matti. Willst du seine Nummer?«

Donnerstag, 14. Dezember, 15:43 Uhr

Michi

Michi spazierte durch die Kälte der winterlichen Großstadt. Er musste seinen Kopf frei kriegen, seine Gedanken sortieren und dann könnte er vielleicht das neu gewonnene Wissen doch verwerten.
Bisher ergänzte der Fund des Personalausweises nur das Vorgehen des Täters. Die Auswirkungen auf das Profil konnte Michi noch nicht absehen. Eigentlich stützte das seine Hypothese. Wenn jemand, den man flüchtig kennengelernt hat, einen verlorenen Ausweis zurückbringt, dann würde man diese Person sicherlich ins Haus lassen.
Michi war sich fast sicher gewesen, als Durand durch die Tür gekommen war, dass er hier seinen Mörder hat.
Nun war dem nicht so. Was konnte er jetzt noch tun?
Blutspuren im Treppenhaus hatte er keine entdeckt. Seine These, dass der Täter sich hektisch unterwegs seines möglichen Schutzanzuges entledigte, war scheinbar unzutreffend gewesen. Wahrscheinlich war der Mörder noch cooler bei seinen Aktionen als angenommen. So hatte er sich noch seelenruhig fertig umgezogen, nachdem er die Polizisten ermordet hatte.
Michi blickte auf seine Smartwatch. Er hatte bereits seine magischen Zehntausend Schritte für heute abgerissen. Ein Ziel, das er sich letztes Silvester gesetzt hatte, aber erst

wenige Tage dieses Jahr eingehalten hatte.
Er machte auf dem Absatz kehrt und schlurfte dieselbe Strecke, die er vom Hotelzimmer hierhergelaufen war, wieder zurück.
Es hatte seit gestern Abend nicht mehr geschneit. Auf den Straßen hatte die Hitze der fahrenden Autos den Schnee schon lange geschmolzen, doch auf den Bürgersteigen war es durch das fest gedrückte Eis äußerst glatt. Michi kam nur langsam voran, aber es war ihm egal. Lieber spät als nie, dachte er.
Außerdem wusste er nicht mehr wirklich weiter. Denkbar war, dass er Morgen abreisen würde. Eigentlich war es sogar sehr wahrscheinlich. Immerhin sollten Morgen die Straßen und Gleise wieder vom Schnee befreit sein und der Wetterbericht sprach von deutlich höheren Temperaturen.
Michi würde sich gleich ein, zwei Pizzen bestellen, eine Flasche Wein aufmachen und das Hotelzimmer heute nicht mehr verlassen. Dann würde er morgen früh das Büro auf dem Revier aufräumen und sich aus dem Staub machen.
In düsteren Gedanken versunken, betrat Michi sein Hotelzimmer. Er hängte seine Jacke an einen Bügel, streifte Mütze, Schal und Handschuhe ab und griff nach seinem Handy auf dem kleinen Schreibtisch. Er zog es vom Ladekabel ab und bemerkte, dass das kleine blaue LED-Licht blinkte, um ihm eine Nachricht anzukündigen.
Er entsperrte seinen Bildschirm und sah, dass er drei Anrufe verpasst hatte. Alle in den letzten zwei Stunden. Kurz hoffte er, dass es Anna gewesen war, doch dann realisierte er, dass er ihre Nummer schon abgespeichert hatte. Diese Nummer

war unbekannt. Wahrscheinlich wieder so ein Telefonbetrüger. Michi warf sein Handy aufs Bett und ließ sich danebenfallen. Auf solche Anrufe hatte er jetzt gar keinen Nerv.
Das Telefon klingelte. Dieselbe Nummer. Michi zögerte kurz, dann ging er ran.
»Hallo, mein Name ist Martina Heinrichs, ich bin Reporterin, bitte legen Sie nicht auf. Wir müssen uns dringend unterhalten. Es geht um den Advent-Mörder.«

Freitag, 15. Dezember, 08:00 Uhr

Anna

Anna befuhr die Hauptstraße der Nordstadt. Der Schnee war fast vollkommen abgetaut. Nur auf einigen Dächern lagen noch dünne Schichten und hier und da waren zusammengekehrte große Haufen noch nicht aufgetaut.
Es war eine matschige Szenerie, die sich ihr bot.
Sie war auf dem Weg zu einem Treffen. Zu einem Treffen, was ihr als absoluter Wendepunkt in diesem Fall anmoderiert worden war.
Ansonsten hätte sie dem Treffen mit Michi und einer Reporterin namens Heinrichs niemals zugestimmt. Sie hatte eigentlich mit Michis leiser und klammheimlicher Abreise gerechnet. Als sie seine Nummer im Display sah, war sie von einem kurzen Abschied mit einer Entschuldigung ausgegangen.
Doch er hatte ihr einen letzten Rettungsring zugeworfen. Eine Reporterin, die eine wichtige Nachricht im Gepäck habe.
Eine Zusammenkunft im Polizeirevier habe sie nicht gewollt. Lieber wolle sie sich in einer neutralen Umgebung treffen.
Anna parkte ihr Auto in einem Parkhaus beim Stadtpark. Sie verließ das Parkhaus, durchquerte einen der wenigen Grünabschnitte der Nordstadt und bog in eine kleine enge Gasse

ein. Nach wenigen Metern durch diese Gasse entdeckte sie ein unscheinbares Messingschild: »Breakfast and Coffee«. Sie betrat das kleine Café durch eine schwere Holztür. Ein Klingeln kündigte sie an. In einer Ecke im hinteren Teil des Raumes erkannte Anna die beleibte Figur des Fallanalytikers. Er saß auf einer kleinen Holzbank an einem runden Tisch. Neben ihm saß eine hellblonde Frau mit einer imposanten Hochsteckfrisur. Sie hatte stark geschminkte Wangen und Anna befürchtete schon einen Schwall an Parfümduft bei ihrem Anblick. Sie wurde nicht enttäuscht, als sie sich den beiden näherte.
»Anna, schön, dass du gekommen bist.«, sagte Michi und lächelte ihr zur Begrüßung zu. Sie ließ nur ganz kurz ihren Kopf nach vorne schnellen als Erwiderung. Sie bemerkte, dass Michi ihr nicht direkt in die Augen gucken wollte.
»Das hier ist Martina Heinrichs. Sie ist Reporterin aus München.
Martina, das ist Anna Lösing, sie ist die leitende Ermittlerin beim - ahm«, er räusperte sich, »beim Advent-Mörder-Fall.«
Zur Journalistin gewandt setzte Anna eine freundlichere Miene auf und sagte: »Freut mich.«
»Ebenso.« Martinas Lächeln war sehr ehrlich, anders als ihre aufgetakelte Erscheinung es zunächst vermuten ließ.
»Ich recherchiere normalerweise nicht zu Mordfällen. Ich teste Restaurants und interviewe die Besitzerin des schönsten Blumenladens in München.«
»Wie kamen sie denn dann auf den Advent-Mörder?«, fragte Anna, um direkt auf das eigentliche Thema zu lenken.
Martina berichtete. Bei jedem Satz, den die Journalistin

äußerte, wurden Annas Augen größer. Wie konnte die Nachricht einer so außergewöhnlichen Mordserie die Landesgrenzen Schwedens nicht verlassen haben?
Als Martina fertig war, schwieg sie und sah neugierig von Michi zu Anna.
Anna war zunächst sprachlos. Sie musste das Gehörte für sich noch einordnen.
»Weißt du, was das bedeutet, Anna?«, sagte Michi aufgeregt. Er versuchte immer noch, einen direkten Augenkontakt mit ihr zu vermeiden.
»Was?«
»Mein Profil war nicht falsch. Auf jeden Fall nicht in Gänze. Wir müssen nur das Altersspektrum erweitern. Und es kommt noch besser.«
Anna hatte das Gefühl, dass Michi diese Information unbedingt loswerden wollte.
»Ich habe einen guten Freund, der bei der schwedischen Kriminalpolizei gearbeitet hat. Wir haben zusammen zwei internationale Lehrgänge absolviert und sind danach in Kontakt geblieben.
Er hat vor kurzem ein Jurastudium abgeschlossen und ist jetzt leitender Rechtsberater im Justizministerium.«
Anna überlegte: »Aber was bringt uns ein Jurist im Justizministerium? Glaubst du, dass er noch alte Polizeikontakte hat.«
Michi lächelte und blickte sie nun direkt an.
»In Schweden ist die nationale Polizeibehörde dem Justizministerium direkt unterstellt. Er kann uns über Umwege alles besorgen, was wir brauchen.

Ich habe ihn heute früh bereits erreicht. Um elf Uhr haben wir ein Date mit ihm per Video-Call.«
Anna fragte sich gerade, warum Michi so optimistisch war. Sie hatten nur noch zweieinhalb Tage. Und selbst wenn es derselbe Täter war, der damals in Schweden gemordet hatte. Was würde das ändern? Die schwedische Polizei war doch, wenn Martinas Recherche korrekt war, genauso ahnungslos wie sie.
Andererseits gab es auch keine weitere Spur.
Also was soll's, dachte Anna schließlich.
Martina räusperte sich. Michi guckte sie verwirrt an, dann schien er sich an eine Vereinbarung zu erinnern.
»Martina hatte gehofft, dass du ihr, wenn unsere Geschichte ein glückliches Ende erfährt, ein ausführliches exklusives Interview geben könntest.«
Anna blickte streng zu Martina. Die Frau sah etwas eingeschüchtert aus.
Dann dachte Anna erneut, was soll's und sagte an die Journalistin gewandt: »Wenn ich das Schwein bekommen habe, bekommen Sie jedes Interview, das Sie haben wollen.«
Zufrieden ließ Martina sich in ihrem Stuhl nach hinten sinken.
»Was werden Sie mit dem schwedischen Kollegen besprechen?«, fragte Martina nach einer Weile.
»Wir müssen unsere Morde mit deren Fällen detailliert übereinanderlegen. Dann müssen wir die Frage klären, warum er in Schweden aufgehört hat.«, erklärte Michi frei heraus.
Anna ergänzte ihn und zog ihr Handy aus der Tasche: »Und ich lasse jetzt von meinen Kollegen alle Zeugen und

Verdächtigen nochmal überprüfen, im Hinblick darauf, ob es Schweden darunter gab, oder Personen, die für längere Zeit in Schweden gewohnt haben. Wir müssen schnell sein.«

Kapitel 6

Der Mann musste schnell sein. Sein Vorgehen beim Einlass in das Haus war unauffällig, doch wollte er keine Risiken eingehen. Nicht dieses Mal.
Er reinigte die Türgriffe der Eingangstür, des Wohn- und Kinderzimmers, dann ging er mit sorgfältigem Blick durch alle Räume, um sie nach möglichen Fußspuren zu überprüfen.
Es sah soweit alles gut aus.
Nun musste er den Personalausweis noch verstauen. Er ging zu der Anrichte, wo Lehmann ihn abgelegt hatte, nachdem der Mann ihm das zurückgegeben hatte, weshalb dieser ihn dankbar eingeladen hatte.
Beim ersten Mal, als seine Gedanken und Wünsche sich in einem Ritual realisierten, hatte der Mann bemerkt, dass es einen guten Vorwand brauchte, um ins Haus des Opfers zu gelangen. Viele Menschen waren einfach sehr misstrauisch.
Der Erste hatte ihm die Tür ins Gesicht geschlagen, als er mit leeren Händen vor ihm stand und nach einem Toilettengang fragte.
Zugegebenermaßen eine ungeschickte Vorgehensweise.

Er hatte gerade noch so einen Fuß zwischen Tür und Türrahmen bekommen.
Heute hatte er seine Abläufe perfektioniert. Es dauerte nur zwei Minuten, um seine Spuren zu verwischen. Den Ausweis legte er in die oberste Schublade der Anrichte.
Dann verstaute er die Reinigungssachen wieder in seinem Rucksack.
Anschließend ging er durch die Küche. Sein Ritualwerkzeug hatte er schon gesehen. Neben der Küchenspüle hing an einem dünnen Band ein Nudelholz.
Vergnügt und voller Vorfreude nahm der Mann sein neuestes Mordinstrument in die Hand. Euphorisch schwang er es durch die Luft. Er verließ die Küche und bewegte sich langsam in Richtung Wohnzimmer.

Freitag, 15. Dezember, 10:55 Uhr

Anna und Michi

Sie hatten versucht, Michis Gästebüro so weit wie möglich zu ordnen, um einen halbwegs vernünftigen Eindruck auf Magnus Olafsson zu machen.
Es war ihnen nicht ganz geglückt. Im Sichtbereich der weitwinkligen Kamera tummelten sich immer noch einige Aktenordner und Papiere.
Anna loggte sich über ihren Account auf dem Rechner ein. Sie führte eine kurze Kamerakontrolle durch.
Dann öffnete sie ihr E-Mail-Postfach und schickte einen Einladungslink an die Adresse, die Michi ihr aus seinem Telefon heraus diktierte.
Danach öffnete sie das Video Call Programm und wartete.
Ein Teilnehmer war angemeldet.
Dann, nach etwa fünf Minuten, öffnete sich mit einem Bing ein kleines rechteckiges Fenster.
»Olofssonmagnum1235 möchte an deinem Call teilnehmen. Akzeptieren?«
Anna wanderte mit dem Cursor auf »akzeptieren« und nach einigen Sekunden erschien neben ihrem eigenen Bild ein weiteres.
Ein blonder Mann mit wettergegerbtem Gesicht und einer dunklen Lesebrille erschien vor ihnen. Im Hintergrund ein großes Regal vollgestellt mit dicken Wälzern.

Er schien sie zu erkennen, denn er lächelte breit.
»Michi, mein Lieber, ich grüße dich.«, sagte er mit starkem Akzent, aber verständlich.
»Und du musst Anna sein. Ich wünsche einen guten Tag.«
Anna und Michi fingen gleichzeitig an zu sprechen. Sie brachen ab. Ein kurzes Lachen aller Beteiligten. Dann sprach Michi: »Magnus, schön dich wieder zu sehen und zu hören, auch wenn es unter diesen Umständen und nur virtuell ist.«
Der Schwede winkte etwas dümmlich in die Kamera und bemerkte: »Du siehst echt scheiße aus Michi. Was haben Sie ihm nur angetan, Anna?«
»Das war sie nicht«, sprang Michi ein: »Ich bin einfach nur steinalt geworden.«
Die beiden Männer lachten.
Anna, die schon wieder bemerkte, wie ungeduldig sie innerlich wurde, versuchte sich höflich zurückzunehmen und lächelte nur seichte in die Kamera.
»Dein Deutsch ist seit dem letzten Mal noch besser geworden, hast du heimlich geübt?«, log Michi.
»Lügner«, erwischte ihn Magnus.
»Aber ich hoffe mein Wortschatz reicht für unsere Konversation aus. Ansonsten wechsle ich zwischendurch ins Englische.«
Anna und Michi hoben gleichzeitig je einen Daumen an die Decke gerichtet zur Kameralinse.
»Okay«, sagte Magnus geschäftig: »Wollen wir loslegen?«
Anna brachte den schwedischen Juristen und Ex-Polizisten auf den Stand der Geschehnisse aus der Nordstadt.
Sie ließ keine Details aus und versuchte dabei möglichst

sachlich zu bleiben. Spätestens als sie an die Stelle mit ihren beiden getöteten Kollegen kam, konnte sie ihre Emotionen aber nicht mehr zurückhalten. Ihre Augen wurden feucht und ihre Stimme versagte. Sie holte tief Luft und fuhr fort. Magnus wurde sichtbar unruhig an diesem Punkt. Wackelte aufgewühlt hin und her, erkennbar betroffen von der Geschichte.

Als Anna fertig war, stellte Magnus zwei Fragen zum Vorgehen des Täters. Dann dachte er kurz nach. Er überflog einige Papiere, die vor ihm auf dem Tisch lagen. Dann blickte er wieder in die Kamera.

»Anna, zunächst tut mir leid, was mit deinen Kollegen passiert ist. Ich habe selbst schon einen Kollegen im Dienst bei einem Schusswechsel verloren. Mit ein Grund, warum ich heute da bin, wo ich bin. Damit möchte ich dir sagen, dass ich dich verstehe und deinen Schmerz nachvollziehen kann und es tut mir wirklich sehr leid für dich.«

Sie sah ihm an, wie ernst er seine Worte meinte, war gerührt und bedankte sich für die Kondolenz.

»Nun.«, fuhr Magnus fort: »Ich habe den besagten Fall damals über die regionalen Medien verfolgt, während meines Jurastudiums. Ich war also nicht mehr im aktiven Polizeidienst. Daher weiß ich noch nicht, wer an dem Fall dran war. Ich werde mich aber dahinterklemmen und versuchen, über einen alten Freund, der Polizeichef in Göteborg ist, Informationen einzuholen.«, er zwinkerte ihnen vielsagend zu: »Und dann werden wir sehen, was ich euch liefern kann.«

»Wie lange werden Sie brauchen?«, fragte Anna.

»Da übermorgen der dritte Advent ist, mache ich so schnell

ich kann. Trotzdem werde ich einige Zeit benötigen. Ich muss einen Eilantrag stellen, der von zwei vorgesetzten Ebenen mitzuzeichnen ist. Ein völliger Widerspruch, wenn ihr mich fragt. Dann müssen die Akten noch rausgesucht und übermittelt werden, bei der Vielzahl an Unterlagen wird die digitale Datenübertragung sicherlich mehrere Stunden dauern. Ich schlage vor, dass ihr mir heute Abend um 20:00 Uhr nochmal eine Einladung per E-Mail schickt, bis dahin versuche ich alles zu besorgen. Schneller wird es sicherlich nicht gehen. Sollte ich es bis 20:00 Uhr nicht schaffen, rufe ich dich auf dem Handy an, Michi, und gebe Bescheid.«
»Bestens, mein Lieber, so machen wir es. Ich danke dir vielmals.«, sagte Michi feierlich.
»Bis nachher.«, verabschiedeten sich die drei voneinander.
Magnus beugte sich nach vorne, dann wurde seine Bildschirmhälfte schwarz.
Anna wandte sich an Michi: »Und was machen wir so lange?«
»Wir gehen essen. Ich schulde dir noch ein Mittagessen.«
»Du willst jetzt einfach so essen gehen?«
Michi hob beschwichtigend seine Hand: »Anna, wir können jetzt ohnehin erst mal nichts tun, was uns weiterbringt. Du siehst schon total abgemagert aus. Du bist in der letzten Woche um zehn Jahre gealtert. Wir stärken uns jetzt erst einmal für den Rest des Tages. Irgendetwas sagt mir, dass es ein langer Abend und ein arbeitsreiches Wochenende werden wird.«
Wie recht er damit behalten sollte.

Freitag, 15. Dezember, 22:00 Uhr

Die Räumlichkeiten der Kriminalpolizei von Nordstadt waren in tiefstes Schwarz getaucht. Nur aus einem Büro schien durch den Türspalt der geschlossenen Bürotür ein schwacher Lichtschimmer.

Michi und Anna waren völlig allein in dem Bürokomplex. Nur die Wache der Schutzpolizei im Neubau des Gebäudes nebenan war noch besetzt. Die Spätschicht hatte soeben die Übernahme der Dienstgeschäfte beendet und die Streifenwagen verließen nach und nach den großen eingezäunten Parkplatz des Reviers.

Anna ging unruhig in dem kleinen Büro auf und ab. Sie blickte genervt auf ihre Uhr. Magnus hatte sich vor drei Stunden das letzte Mal telefonisch bei ihnen gemeldet.

Die Freigabe für das Herunterladen der Dateien aus dem Archiv des Justizministeriums hatte noch länger gedauert als erwartet. Für einen Eilantrag mussten noch die rechtlichen Voraussetzungen geprüft werden, hatte Magnus ihnen gesagt.

Schwachsinn. Was sollte denn dringlicher sein, als ein unschuldiges Leben zu retten und ein weiteres Kind davor zu bewahren, elternlos aufzuwachsen?

Michis und Annas Mittagessen hatte zuvor natürlich in einem Brainstorming gemündet, was sie aber auch nicht weitergebracht hatte.

Daher war Michi nach dem Essen noch einmal in sein Hotel gefahren, um die Buchung zu verlängern.

Bis Montagabend würde er bleiben. Länger nicht. Entweder führte diese Spur zu einem Ergebnis oder alle Enden wären verödet. Nur wenn der Täter bei diesem Mal gefasst würde, könnten sie ihn stoppen. Ansonsten würde er wieder in einen tiefen Sommerschlaf verfallen und dann im nächsten Winter erneut zuschlagen.
»Warum?«, hatte Anna gefragt, als Michi ihr seine Überlegungen offen mitteilte. »Warum sollte er nicht am vierten Advent zuschlagen?«
»Unser Mann hat einen starken Drang zu töten, ja. Er hat aber keine starke Bindung zum Weihnachtsfest. Er hat sich die Adventtage zum Ritualtag gemacht. Nun fallen dieses Jahr der Heilige Abend und der vierte Advent auf einen Tag. Der Heilige Abend wird es für ihn aber fast unmöglich machen, sein Vorhaben wie gewöhnlich umzusetzen.«
»Warum?«, fragte Anna erneut.
»Du bist doch Single, Anna?«
Anna fragte sich, was das damit zu tun hatte, aber nickte.
»Wo feierst du in der Regel Weihnachten?«
Anna überlegte. Das letzte Jahr hatte sie sich allein zuhause auf ihrer Couch Filme angeguckt und hatte sich noch nie so einsam gefühlt. Doch war das auch kein normales »Regel-Weihnachten« gewesen.
»Abgesehen vom letzten Jahr«, antwortete sie zögerlich, als sie erkannte, wo Michi sie mit seinen Gedanken hinführen wollte, »fahre ich über die Feiertage immer zu meinen Eltern.«
»Bingo.«, sagte Michi zufrieden. »Er kann ohnehin schon nicht allzu wählerisch sein, bei seinen Opfern. Dafür ist sein

Typus zu selten. Außerdem geht er sehr bedacht und kontrolliert vor.
Er würde das Risiko eines vollen Hauses nicht eingehen wollen. Dann wartet er lieber ein weiteres Jahr.
Nein. Dieser Sonntag. Der dritte Advent wird sein Finale sein.«
Michis Handy klingelte. Einmal. Dann vibrierte es. Eine kurze Nachricht. Sie war von Magnus. Er hatte nur ein Wort geschickt. »Jetzt.«
Michi schickte ein Daumen nach oben zurück, während Anna schon den Bildschirm entsperrte und das Mailprogramm öffnete.
Gut eine halbe Minute später erschien Magnus wieder auf ihrem Bildschirm. Der Hintergrund war unverändert, aber Magnus selbst sah ausgezerrt und müder aus als zuvor.
Anna warf einen weiteren Blick auf ihre Uhr. Es war mittlerweile 22:34 Uhr.
»Michi, Anna, schön euch wiederzusehen. Ich weiß, es hat länger gedauert, als ihr es erhofft hattet, aber auch hier mahlen die Mühlen der wachsenden Bürokratie immer langsamer.«
Michi übernahm die Begrüßung und winkte ab: »Wir sind froh und dankbar, dass du dich so sehr einsetzt.«
»Was haben Sie herausgefunden?«, fragte Anna begierig.
»Einiges. Ich habe alle Morde, die der Täter hier begangen hat, in chronologischer Reihenfolge, mit allen Zeugenvernehmungen, Beschuldigtenvernehmungen, Autopsieberichten und Aktenvermerke über Aktenvermerke.«
»Kannst du uns eine Kurzversion geben oder hattest du noch

nicht genug Zeit, dir die Akten durchzulesen?«
Magnus lächelte süffisant: »Anders als bei euch in Deutschland, sind unsere Behörden zu fast neunzig Prozent digitalisiert.
»Während die neueren Fälle übertragen wurden, konnte ich die älteren Fälle schon überfliegen.«
Mit seiner Computermaus wischte er über seinen Schreibtisch und klickte mehrfach auf ihr herum.
»Ich habe einen Zeitstrahl erstellt. Den schicke ich euch kurz per Mail zu. Dann könnt ihr, während ich erzähle, den Überblick behalten, sollte ich abschweifen.«
»Verstanden. Die Mail ist angekommen. Ich öffne sie und schiebe sie auf den Zweitbildschirm. So.
Bitte fangen Sie an.«
Magnus räusperte sich und begann zu erzählen: »Der erste Mord, den wir unserem Täter sinnvoll zuordnen konnten, fand am ersten Advent vor sieben Jahren statt.
Es traf Olaf - ich lasse die Namen weg, sie sind für euch nicht wichtig - er tötete einen alleinerziehenden Vater mit einem Kerzenständer. Er schlug sieben Mal zu. Zwei Mädchen verloren an diesem Abend ihren Vater.
Bei diesem Mord, vermeintlich seinem ersten, gab es nennenswerte Unterschiede zu seinen weiteren.
Zum einen haben wir leichte Druckspuren an der Haustür gefunden. Er wurde somit nicht freiwillig rein gelassen. Die Ermittler gehen davon aus, dass er beim Schließen der Tür einen Schuh auf die Türschwelle setzte, um das Verschließen gewaltsam zu verhindern. Auch benutze er bei seinem ersten Mord kein Betäubungsmittel. Er würgte sein Opfer, bis

dieses bewusstlos wurde und sperrte die Kinder in ihrem Zimmer mit einem Stuhl ein, den er unter die Klinke stemmte.
Sein zweiter registrierter Mord fand eine Woche später statt. Sein Vorgehen ist das euch bekannte. Er hatte einen Vorwand erdacht, der sein Opfer überzeugte, ihn in die Wohnung eintreten zu lassen. Außerdem benutzte er ein schnell wirkendes Betäubungsmittel, welches er vermutlich selbst hergestellt hat. Das Mordwerkzeug war ein Pflanzenkübel aus Beton.
Bei den weiteren gab es dann keine Unterschiede, abgesehen vom Mordwerkzeug und mitunter die Anzahl der Kinder, die er betäuben musste.
Daher in Kürze, was ihr aber auch auf dem Zeitlinienchart sehen könnt:
Dritter Mord am dritten Advent, ein trauriger Tag, ein Werkzeughammer, zwei Kinder, elf und sechs.
Vierter Mord, ein Schuhanzieher, ein Mädchen, drei Jahre alt.
Dann war nichts mehr von ihm zu hören, bis er ein Jahr später, wieder am ersten Advent auftauchte und mit einer metallenen Thermoflasche sein Opfer hinrichtete.
Am 10. Dezember desselben Jahres tötete er mit einer stabilen Weihnachtsmannskulptur, besonders zynisch und hinterließ einen fünfjährigen Jungen.
Am 17. Dezember nahm er dann zwei Mädchen den Vater mit einem Soßentopf.
Dann am 24. Dezember dem vierten Advent und heiligen Abend…«
»…tötete er überraschend niemanden.«, beendete Anna

seinen Satz und blickte dabei zu Michi, der ihr vielsagend zu nickte.
»Ja, genau.«, sagte Magnus überrascht.
»Die Polizei ging davon aus, dass der Täter gescheitert war, aber es kamen keinerlei Meldungen bei der Notrufzentrale auf, die einen Mordversuch nach dem bekannten Vorgehen wahrscheinlich machten.
Dann ging man davon aus, dass der Täter verschwunden war oder vielleicht sogar gestorben war.«
»Aber er tötete im Jahr darauf noch einmal, nicht wahr?«, fragte Michi wissend.
»Genau, am 2. Dezember vor fünf Jahren mordete er das letzte Mal in Schweden.
Danach ging man davon aus, dass ihm das Risiko an Heiligabend zu hoch war.«
»Genau das haben wir uns auch gedacht.«, sagte Michi.
»Aber sagtest du, dass er in dem Jahr nur noch einmal getötet hat, oder? Warum?«
Magnus blickte noch mal auf seinen Bildschirm, guckte dann wieder in die Kamera und sagte:
»Richtig. Nur einmal. Die Ermittler gingen damals von seinem Tod oder seiner Flucht aus.
Die Überprüfung weggezogener Bürger erbrachte keine Ergebnisse. Da es keine weiteren Ermittlungsansätze gab, wurde der Fall knapp zwei Jahre später zu den Cold-Case Fällen ins Archiv überstellt und damit auf Eis gelegt.«
Michi und Anna guckten sich verwirrt an. Wenn es kein Trittbrettfahrer sein sollte, warum hatte er dann zwischen den Adventstagen aufgehört?

»Gab es bei seinem letzten Mord irgendetwas Auffälliges? Deutete vielleicht etwas auf einen Kampf zwischen Täter und Opfer hin?«, fragte Anna.
»Nein, gar nichts. Genau dasselbe, sauberes Vorgehen. Keine Spuren, nichts.«
»Dann muss unserer ein Nachahmungstäter sein.«, sagte Anna und suchte in Michis Blick nach Zustimmung oder Widerspruch.
Michi kniff die Augen zusammen und blickte nachdenklich an die Decke.
»Hm.«, machte er schließlich: »Aber was, wenn - ne.«, sagte er mehr zu sich selbst als zu den anderen beiden.
»Gab es Informationen, die der Presse nicht bekannt geworden sind?«, fragte er Magnus.
»Ja, definitiv. Es wurde nie an die Presse gegeben, dass er seine Opfer betäubt, bevor er sie tötet. Es kann kein Nachahmungstäter sein.«, schloss Magnus.
»Dann haben wir ihn!«, schrie Michi unerwartet. Er war aufgesprungen und stand kerzengerade im Büro. Sein Stuhl war umgekippt und Anna zuckte zusammen.
»Magnus, du musst noch einmal für uns tätig werden.«
Magnus guckte verblüfft in die Kamera, er schaute genauso verdutzt drein, wie Anna sich fühlte.
»Okay, was soll ich machen?«
»Prüfe bitte alle Festnahmen in der Woche nach dem letzten Mord mit den Tatvorwürfen Diebstahl und Raub.«
»Was? Was soll das mit unserem Fall zu tun haben?«
Anna guckte Michi an, als wäre dieser verrückt geworden.
»Ich weiß, wie der Täter in die Wohnung der Opfer

eingelassen wurde.«
»Was?«, Anna war außer sich. »Seit wann? Wie?«
»Ich erzähle dir später, wie ich darauf gekommen bin. Aber erinnerst du dich, dass unser letztes Opfer seiner Frau erzählt hat, dass er seinen Ausweis verloren oder verlegt hat?«
»Ja, natürlich.«, sagte Anna.
»Er bestiehlt sie. Um sich dann als Samariter aufzuspielen. Bitte, Magnus, setz alle Hebel in Bewegung!«

Samstag, 16. Dezember, 14:00 Uhr

Michi hatte recht.

Anna war wütend, beeindruckt, fasziniert und was sonst noch alles gleichzeitig gewesen. Ihre Gefühle hatten sie völlig übermannt.

Jetzt würden sie ihn endlich fassen. Er würde keine Chance mehr haben, wenn sie nur das Spiel gegen die Zeit gewinnen könnten.

Magnus hatte ihnen eine Menge Akten übersendet. Alles, ohne den offiziellen Dienstweg einzuhalten und nicht mal ansatzweise legal. Doch das war ihnen jetzt egal. Sogar Michi interessierte sich gerade herzlich wenig für Vorschriften und Datenschutzrichtlinien. Sein Chef wäre stolz auf ihn gewesen.

Damit Magnus illegales Handeln nicht aufflog, bevor er alle Daten überspielt hatte, nutzten sie ihre privaten Mailfächer. So sendete er alles an Michis persönliche Mailadresse und Michi und Anna saßen wieder in Michis engem Hotelzimmer und warteten auf die letzten Prozent der Datenmassen.

Insgesamt mussten sie siebenundsechzig Strafakten durchforsten. Es war nichts geschnitten oder gekürzt. Ein simpler Vorwurf des Diebstahls umfasste schon im Schnitt über fünfzig Seiten. Sie hatten eine Menge vor.

Die Zeit rannte. Schließlich hatten sie nur diese eine letzte Nacht, um den nächsten Mord noch verhindern zu können.

Doch Anna war zum ersten Mal wirklich guter Dinge.

Alles, was Michi ihr erklärt hatte, machte Sinn. Sie war zwar sauer auf ihn gewesen, dass er ihr die Information mit den gestohlenen Personalausweisen vorenthalten hatte, aber sie war sich sicher, dass sie daraus nicht dieselben Schlüsse gezogen hätte und sie verstand Michis Situation. Nachdem er mit seinem ersten Profil vermeintlich gescheitert war, wollte er in Anna keine Hoffnungen wecken, die wieder zur Enttäuschung hätten führen können.

»Okay.«, sagte Michi und zog einen USB-Stick von seinem Laptop ab: »Ich habe dir etwa die Hälfte der Fälle hier drauf gezogen. Jetzt kannst du an deinem Laptop arbeiten und ich an meinem. Dann sind wir doppelt so schnell.«

»Aber glaubst du, ich erkenne das Profil, Michi?«, fragte Anna verunsichert.

»Anna, ich bin fest davon überzeugt.

Und selbst wenn nicht. Wenn wir mit unseren fertig sind, dann tauschen wir. Vier Augen sehen besser als zwei.«

Anna konnte ihren Dank nicht in Worte fassen und so lächelte sie Michi nur an.

Es war eine anstrengende und mühselige Arbeit, sich durch die Unmengen an Dateien zu klicken.

Der Instantkaffee aus Michis Hotelzimmer war schnell aufgebraucht. Nach drei Stunden waren sie noch nicht ansatzweise fertig geworden. Michi hatte etwa die Hälfte seiner Fälle durch und klappte seinen Laptop zu.

»Anna, ich muss frische Luft schnappen und die Augen kurz erholen. Sollen wir eben mal in den Supermarkt gehen und uns mit neuem Kaffee und Snacks versorgen?«

Anna war heilfroh, dass Michi es als Erster ansprach. Auch sie war kaum noch in der Lage gewesen zu verstehen, was

sie las.
Sie stimmte zu, die beiden zogen sich an und machten sich auf, zwei Straßen weiter in den Supermarkt zu gehen.
Die frische kalte Luft tat beiden gut. Als sie beladen mit Süßigkeiten, Brezeln, Energiedrinks für Anna und eine Dose Instantkaffeepulver für Michi zurück auf das Hotelzimmer kamen, fühlten sie sich schon bedeutend fitter.
Sie hatten ihre Aufmerksamkeit zurückerlangt und ohne viele Worte zu wechseln, vergruben sie sich wieder in den elektronischen Akten.
Auf einem Schreibblock hatten sie all die Namen notiert, die auf Grund Michis angepassten Profils ihr Täter sein könnten. Später wollte sie dann alle potenziellen Täter durch die polizeiliche Datenbank jagen, um die eine Person zu finden, die heute in Nordstadt oder Umgebung lebte.
Doch mussten sie diesen Zwischenschritt gar nicht nehmen, um Gewissheit über ihren Täter zu erlangen, denn zwei Stunden später fanden sie ihn.
Es war Anna, die ihn fand.
Ein Mann, der auf dem Weihnachtsmarkt in Göteborg von der Security bei dem Versuch erwischt wurde, einen Diebstahl zu begehen. Sein Ziel war die Brieftasche eines männlichen Weihnachtsmarktbesuchers.
Leider standen in den Unterlagen zu den Diebstahlopfern immer nur Name, Vorname, Adresse, Geburtstag, nicht aber Angaben wie Familienstand und Vaterschaft.
Zu den Tätern gab es aber mehr personenbezogene Angaben. Der Täter in diesem Fall war am 02. Januar 1982 in Essen geboren. 2015 war er nach Schweden immigriert.

Er war vorbestraft. Hatte eine Gefängnisstrafe in der JVA Herford abgesessen, doch für welches Verbrechen er bestraft worden war, stand in diesen Berichten nicht. So konnte Anna aber schließen, dass es keinen Raub- oder Diebstahlbezug gehabt hatte, sonst hätte sich die Staatsanwaltschaft mit Sicherheit in ihrem Bericht darauf bezogen.
Der Täter war für den versuchten Diebstahl zu einer Haftstrafe von sechs Monaten ohne Bewährung verurteilt worden.
Weiteres gab diese Akte nicht her. Nur noch einen Namen und die Berufsbezeichnung des Diebes. Diese Daten gaben Anna den entscheidenden Hinweis. Alles andere hätte durch Zufälle erklärt und entkräftet werden können. Doch in diesem Moment wusste Anna, wer der Mann war, den sie seit über einem Jahr gejagt hatte.
Der Mann war Kaufmann.
Der Name des Mannes war Jens Söhrens.

Kapitel 7

»Jens! Bring deiner Schwester noch das Wärmekissen! Ihr ist kalt! Na los!«
Sein Vater war unhöflich, laut und fordernd. So wie immer. Immer wenn er Jens ansah, verzog er sein Gesicht zu einer unangenehmen Grimasse.
Das war schon immer so gewesen. Schon bevor Jens in seinem jugendlichen Leichtsinn die ein oder andere Dummheit gemacht hatte.
Jens wurde von seinem Vater schon immer wie ein Kind zweiter oder dritter, eher unterster Klasse behandelt.
Schon seit Jens sich zurück erinnern vermochte. Seine Schwester wurde hin dessen auf Händen getragen. Sie war perfekt geraten, hatte nie etwas ausgefressen und wenn doch, dann wurde es als Ausdruck ihrer starken Persönlichkeit gewertet.
Schon als Jens Mutter noch gelebt hatte, war ihm eine Ungleichbehandlung seitens seines Vaters nie entgangen. Aber die Liebe seiner Mutter war so gewaltig gewesen; konnte sie doch mit ihrer liebevollen Herzlichkeit jeden Schmerz der Welt heilen.

Als seine Mutter unerwartet an Krebs erkrankte, war Jens gerade einmal neun Jahre alt gewesen. Seinem Vater hatte der Tod seiner Frau nur wenige Monate später völlig den Boden unter den Füßen weggerissen.
Jeder Wesenszug seines Vaters verstärkte sich ins unermessliche.
So wurde die Liebe zu seiner Tochter größer als die Liebe zu seinem Leben selbst.
Genauso wuchs auch die Liebe zum Alkohol und der Hass auf seinen missratenden Sohnemann, der auch noch von der Polizei beim Klauen erwischt worden war.
Zunächst schlug er Jens nur mit der flachen Hand. Eine Art seichter Erziehungsschlag. Doch von Mal zu Mal wurden die Hiebe härter und die blauen Flecken blieben länger.
Als selbst der Faustschlag seinen Vater nicht mehr zu befriedigen wusste, griff dieser zu Gegenständen.
Erst war es der Gürtel, später der Teigroller.
Den Schmerz, den Jens empfand, konnte er mit Niemand teilen. Er hatte keine Freunde, denen er sich anvertrauen konnte. Seine Schulkameraden mieden ihn, weil er immer aggressiver wurde.
Als ihn ein Mitschüler in der Schule wegen etwas Belanglosem hänselte, fasste er nach einem dicken Schulbuch und zeigte der gesamten Klasse mitsamt der entsetzt, versteinerten Lehrerin, was er von seinem Vater gelernt hatte.
Der kleine Ansgar, der ihn gehänselt hatte, kam drei Wochen nicht in die Schule. Genauso wie Jens, der suspendiert worden war und somit vierundzwanzig Stunden am Tag der Laune und Missachtung seines Vaters zum Opfer fiel.

Seine Schwester nahm die ungleiche Behandlung durch ihren Vater wahr. Doch da sie sich nicht selten mit Jens in den Haaren hatte, war auch sie keine geeignete Vertraute für den Jungen, während der langsam ins Mannesalter wuchs.
Die Prügeleien, in die er verstrickt wurde, häuften sich und wurden immer heftiger.
Die Wachstumsschübe bevorteilten Jens und bereits im Alter von sechzehn Jahren war er einen Kopf größer als die meisten ausgewachsenen Männer. Irgendwann suchte in ganz Essen niemand mehr Streit mit ihm.
Da er kein Taschengeld von seinem Vater bekam, sah er sich gezwungen, andere Geldquellen zu erschließen. Er erwies sich als begnadeter Taschendieb und so verbrachte er eine Menge Zeit außerhalb der Reichweite seines brutalen Vaters damit, älteren Herrschaften unbemerkt die Portemonnaies und Uhren zu stehlen.
Eines Tages, es war der dritte Adventsonntag im Jahr 2000, saß die kleine Familie beim Abendessen. Eine Tradition in der Familie besagte, dass an jedem Advent ein Familienmitglied alle anderen beschenken musste. Eine Tradition aus glücklicheren Tagen. Da es aber eine Idee der Mutter gewesen war, hielten sie noch immer daran fest.
Immerhin war man eine Familie. Man streitet sich zwar, doch ebenso vergibt man sich und kommt zusammen. Ein krankes Konstrukt.
An diesem verschneiten Tag war Jens Vater in der Rolle des Schenkenden. Für Jens mochte dies wahrscheinlich die letzte gemeinsame Weihnachtszeit sein. Er war bereits volljährig und kurz vor dem Abschluss seiner kaufmännischen

Ausbildung.
In Gedanken wohnte er bereits allein in seiner eigenen kleinen Wohnung, fernab des Hasses und der Gewalt seines Vaters.
»Hörst du nicht?«, raunzte ihn sein Erzeuger über den Tisch hinweg an.
»Hol das Wärmekissen und komm dann ins Kaminzimmer!«
Jens, der keine Kraft verspürte, zu widersprechen, tat wie ihm geheißen. In der Mikrowelle erwärmte er ein altes labbriges Körnerkissen und brachte es in das kleine, weihnachtlich geschmückte Kaminzimmer.
Vater und Schwester saßen schon unter einer warmen Wolldecke gemeinsam auf einem der beiden Sofas. Jens warf seiner Schwester das Wärmekissen zu und hockte sich auf das andere Sofa.
»Das kann man auch vernünftig rüber reichen, Junge!«
Wenn sein Vater zu ihm sprach, vermochte er schon lange nicht mehr, nicht zu brüllen.
»Ich höre!«
Eine Aufforderung für Jens, sich bei seiner Schwester für sein Fehlverhalten zu entschuldigen.
Er murmelte eine Entschuldigung, kaum hörbar und sonst eine günstige Gelegenheit für seinen Vater, wieder laut zu werden.
Auf dem Beistelltisch neben seinem Vater bemerkte Jens die beiden leeren Wodkaflaschen, die gestern noch voll gewesen waren.
Als sein Vater seine Tochter anblickte, lächelte er glücklich und sagte dann mit breitem Grinsen:

»So, es ist wieder so weit, wie es die vorweihnachtliche Tradition dieser Familie verlangt, gibt es jetzt Geschenke.«
Unter der Decke zog er drei ungeschickt verpackte Pakete hervor. Zwei waren sehr kleine Schachteln, das dritte war weich, wahrscheinlich ein Kleidungsstück.
Der Vater stand auf und überreichte das erste Geschenk, natürlich an Jens Schwester. Es war ein schicker weißer Pullover.
Die Schwester freute sich, als sie ihn unter dem zerrissenen Papier entdeckte.
»Danke, Papi, genau den, den ich mir gewünscht habe.«
Sie umarmte ihren Vater. Der lächelte noch breiter und überreichte ihr auch das zweite Geschenk.
Jens hatte bei einer ungeraden Anzahl an Geschenken natürlich damit gerechnet, dass seine Schwester doppelte Ausbeute machen würde.
Bei all der Missgunst, die er beiden entgegengebrachte, wuchs irgendwo tief in ihm, aber doch die Neugierde und Vorfreude auf sein wahrscheinlich viel günstigeres und schlechteres Geschenk.
Doch als seine Schwester sich für das zweite Geschenk, ein Fantasy-Buch, bedankt hatte, reichte sein Vater auch das letzte Paket an seine Tochter. Sein Lächeln wurde verschmitzt und er blickte Jens herausfordern an.
Es war so schreiend ungerecht. Doch Jens ertrug auch diese Demütigung, hatte er zu viel Angst, von seinem betrunkenen Vater erneut verprügelt zu werden.
Es war schlimmer, wenn der Mann so schwer getrunken hatte.

Doch dem Vater reichte es offensichtlich nicht, seinem Sohn ohne Begründung sein Geschenk zu verweigern.
»Du fragst dich sicher, Sohn, warum du nicht auch ein Geschenk bekommen hast?«
Jens schüttelte nur mit dem Kopf.
»Doch.«, sagte sein Vater: »Ich sehe es dir an. Ich habe dich natürlich nicht vergessen.«
Jens hob überrascht seinen Kopf, als sein Vater um die Couch herum ging und ein flaches Paket vom Boden aufhob. Er überreichte es dem verdutzten Jungen, der vorsichtig das Geschenkpapier abriss.
Es befand sich eine kleine blaue Schachtel unter dem Papier. Neugierig hob Jens den Deckel ab. Die Schachtel war leer.
»Da kannst du nun deine Träume verstauen.«, lachte der Vater schallend.
Jens senkte seinen Kopf. Er lief hochrot an. Hass und unterdrückte Wut ließen eine leise Träne an seinem Gesicht herunterlaufen. Warum verachtete dieser Mann ihn so sehr?
»Jetzt heulst du auch noch?«, feixte sein Vater.
»Sieh dich an, da ist ja deine kleine Schwester mehr Mann als du, du Weichei!«
Jens stand auf. Seine Hand war zur Faust geballt. Keuchend stand er vor seinem Vater.
Dessen Lachen war sofort verschwunden. Er war ebenso groß wie Jens, nur viel kräftiger.
»Was willst du nun machen?«, fragte er mit eisiger, leiser, aber durchdringender Stimme.
Jens keuchte, löste aber seine Faust.
Wie aus dem Nichts traf ihn die heran rauschende

Handfläche des Vaters.
Er ging in die Knie. Sein Vater griff ihn im Nacken und wollte ihn wieder hochziehen, um nochmal zuzuschlagen, da wehrte sich der Junge und stieß seinen Vater heftig zurück. Der Mann, durch die Kraft seines Sohnes überrascht, taumelte nach hinten. In seiner durch den Alkohol vernebelten Wahrnehmung konnte er sein Gleichgewicht nicht halten und fiel nach hinten. Mit dem Hinterkopf knallte er auf den Boden.
Seine Augen waren geschlossen, doch er atmete. Er hatte das Bewusstsein verloren.
»Was hast du getan, du Monster!?«, kreischte Jens kleine Schwester.
Jens blickte sie zornig an.
Sie rannte aus dem Zimmer. »Ich rufe die Polizei.« Jens erster Impuls war, seiner Schwester hinterher zu rennen und sie zur Rede zu stellen.
Doch er zögerte einen Moment. Dann war sie weg. Er hörte das Knallen der Haustür.
Jetzt war er allein. Allein mit dem Mann, den er hasste. Mehr, als er jemals einen Menschen hassen könnte.
Sein Vater war noch immer bewusstlos.
Doch dann rührte er sich leicht.
Dort hing ein gusseiserner Schürhaken am Kamin.
Wie in Zeitlupe ging Jens zum Kamin und nahm den Schürhaken in die rechte Hand. Er schwang ihn in der Luft. Seine Gedanken waren vernebelt. Er wusste nicht was zu tun war.
Dann plötzlich stand er über seinem Vater.
Die Gesichtszüge seines Vaters zuckten. Er blinzelte.

Für den Bruchteil einer Sekunde sah er seinen Sohn über ihm stehen, den Schürhaken in der Hand. Dann würde er nie wieder etwas sehen.
Jens brüllte, als er den Schürhaken über den Kopf hob und ihn ruckartig auf den Kopf seines Vaters herab schlug.
Sein Vater machte keinen Ton, als das Blut aus seinem Kopf spritzte. Ein zweiter Schlag und die Nase brach. Ein dritter Schlag hinterließ eine faustgroße Delle auf der Höhe der Augen. Überall spritzte und floss Blut, doch Jens hörte nicht auf. Er konnte nicht aufhören.
Als das Spezialeinsatzkommando das Haus stürmte, war der Hausbesitzer schon lange tot. Jens hockte neben der Leiche des Vaters und ließ sich widerstandslos festnehmen. Wie paralysiert ließ er sich in Handschellen legen und in den Polizeiwagen verbringen.
Aufgrund der gewaltvollen Umstände, unter denen Jens aufgewachsen war und der Notwehrsituation, die dem Totschlag an seinem Vater vorangegangen war, wollte sein Pflichtverteidiger ihn für nicht schuldfähig erklären lassen. Jens, der seit dem Tod seines Vaters wie befreit war und sich der Schärfe seines Verstandes langsam bewusstwurde, widersprach. Um dem möglicherweise lebenslangen Aufenthalt in einer forensischen Klinik zu entgehen, legte er ein Geständnis ab. Er erklärte dem Richter die Gewalt, der er in der gesamten Kindheit ausgesetzt war, und schilderte die aufgestaute Wut und Verzweiflung, die er verspürte, als er dem elenden Leben seines Vaters ein Ende bereitet hatte.
Der Richter zeigte Nachsicht mit Jens und verurteilte ihn wegen Totschlags im Affekt zu einer Haftstrafe von neun

Jahren.
In der Justizvollzugsanstalt in Herford bemühte Jens sich darum, die Versäumnisse seiner Kindheit nachzuholen und so verbrachte er viel Zeit damit, sich intensiv mit den Menschen um ihn herum auseinanderzusetzen, sich ihre Lebensgeschichten anzuhören und Freundschaften zu schließen. Vorher weitestgehend sozial isoliert, lernte er hier zwischen all den verlorenen Seelen Verhalten in einer Gemeinschaft kennen. Er schloss Freundschaften mit Mithäftlingen und baute Bekanntschaften zu seinen Wärtern auf.
Die einsame Zeit in seiner Einzelzelle nutze er sich weiterzubilden, las unzählige Bücher, von einfachen Krimis bis hin zu anspruchsvoller Fachliteratur über die menschliche Psyche und Verhaltensweisen.
Er bemerkte immer mehr, wie stark er seinen Geist und seinen Verstand durch sein Studium schärfte. Er gewann Debatten und Diskussionen zu vielfältigen Themen und in ihm wuchs allmählich das Gefühl der Überlegenheit, wenn er sich mit den anderen Häftlingen oder den JVA-Beamten unterhielt. Er lernte sich rasch während eines Gespräches in sein Gegenüber hineinversetzten. Irgendwann begann er mehr aus Langeweile als aus Bösartigkeit, seine Überlegenheit für sich zu nutzen und die Menschen um sich herum zu manipulieren. Sein Ansehen wuchs schnell. Da er seine wahren Ansichten über sein Gegenüber stets für sich behielt, schaffte er es, Menschen für sich einzunehmen und für die eigenen Zwecke einzuspannen, ihnen das Gefühl der Zuneigung und Wertschätzung zu geben. Doch er mochte sie nicht. Er mochte Niemanden.

Jens schaffte es sogar, das leitende Personal seiner Abteilung so überzeugend zu beeinflussen, dass sie sich engagiert für die vorzeitige Entlassung des armen jungen Mannes mit der so bewegenden Geschichte einsetzten.
So kam Jens bereits nach sieben Jahren wieder auf freien Fuß.
Und er war gereift, nicht mehr der unsichere, ungeliebte Junge, der seinen brutalen Vater in Notwehr getötet hatte.
Er war jemand anderes, etwas anderes.
Und die Welt stand ihm offen.
Doch was sollte er tun?
Diese Frage hatte er sich bis zu seiner Freilassung noch nie gestellt.
Zunächst suchte Jens sich eine Arbeitsstelle, um seine Ausbildung abzuschließen, was ihm trotz der jahrelangen Lücke bereits nach anderthalb Jahren gelang. Dank seiner mittlerweile ausgezeichnet herausgebildeten Fähigkeit, sich schnell und zielsicher in sein Gegenüber zu versetzen, entwickelte er sich zu einem hervorragenden Verkäufer mit regelmäßigen Auszeichnungen, Prämien und Beförderungen.
Einige Jahre nach seiner Entlassung lernte er eine atemberaubend hübsche, junge Ärztin namens, Lisa, in einer Kneipe kennen. Sie verliebte sich in ihn. Auch wenn er ihre Gefühle nicht im gleichen Maße teilte, so schätzte er doch die dauernde Bewunderung, die sie ihm entgegenbrachte.
Von seiner Vergangenheit hatte sie keine Ahnung. Sie war Jens schon lange nicht mehr anzumerken. Weil es für ihn eine Vereinfachung darstellte, ständig eine sexuell anziehende Partnerin zur Verfügung zu haben und nicht neue

Frauen kennenlernen zu müssen, machte er ihr einen Heiratsantrag. Sie zogen zusammen und heirateten.
Ein Jahr später bekamen sie eine kleine Tochter.
Lisa war glücklich, Jens jedoch nicht. Ihm fehlte etwas.
Zunächst versuchte er Freude bei anderen Damen zu finden, die er heimlich nach der Arbeit traf.
Doch auch sie konnten ihn nicht glücklich machen.
Mit dem Kind veränderte sich merklich die Dynamik in der Beziehung zwischen Lisa und Jens merklich. Das Kind hatte höhere Priorität für Lisa als ihr Ehemann.
Jens wollte die Scheidung. Vielleicht konnte ihm ein kompletter Tapetenwechsel zum Glück verhelfen, ein Neuanfang in einem anderen Land.
Jens reichte die Scheidung ein und ohne Reue oder einen Blick zurück verließ er seine Frau und sein vierjähriges Kind und zog nach Schweden.
Er nahm eine Stelle in einem großen Spielwarengeschäft an. Binnen drei Monaten war er der erfolgreichste Verkäufer und stieg in Rekordzeit in eine leitende Position auf.
Privat traf er sich regelmäßig mit den schönsten Frauen, die seinen durchtrainierten, hünenhaften Körper bewunderten und reihenweise den markanten Gesichtszügen mit den strahlend blauen Augen verfielen. Doch auch der regelmäßige Sex mit wechselnden Partnerinnen blieb bedeutungslos und vermochte ihm nicht die Befriedung geben, die er ihn unentwegt umtrieb. Unterbewusst wusste er schon lange, was er wirklich wollte.
Sah er einen Actionstreifen oder einen Horrorfilm, in dem ein Mann brutal ermordet wurde, wuchs ein angenehm

angeregtes Gefühl in ihm. Er wusste, was ihm Befriedigung geben würde.
Er sah in den Opfern seinen Vater, wollte ihn wieder und wieder bestrafen. Nicht nur einmal. Immer wieder.
Er würde niemals aufhören.

Sonntag, 17. Dezember, 13:03 Uhr

Anna und Michi

»Aber was geschah dann mit ihm?«

Anna und Michi hatten einen Tapetenwechsel vollzogen. Sie saßen wieder in dem Büro der Kriminalpolizei, welches man Michi für seinen Aufenthalt in Nordstadt zur Verfügung gestellt hatte.

Die Abfrage der Personalie Jens Söhrens hatte einige Zeit in Anspruch genommen, nachdem Anna den Mann als ihren Täter identifiziert hatte. Da heute Sonntag war, liefen alle Arbeitsschritte langsamer. Behörden waren regelmäßig sonntags nicht besetzt. Doch immerhin wussten sie jetzt, mit wem sie es zu tun hatten.

Auch wussten sie, wo Söhrens arbeitete.

Mit einem Schauer, der ihr über den Rücken gelaufen war, berichtete Anna Michi, von dem netten Verkäufer, der sie im »KIDS-PARADISE« angesprochen hatte.

»J. Söhrens« - hatte auf dessen Namensschild gestanden.

Auch ein Beweis, dass Michis Profil gar nicht so falsch gewesen war. Nur das Alter hatte Michi aufgrund des langen Gefängnisaufenthaltes und der drei Mordserien in Schweden fehlerhaft eingeschätzt.

Trotz des Wochenendes würden sie hoffentlich die Wohnadresse Söhrens in Kürze von den Kollegen der Schutzpolizei erfahren. Dann hätten sie mit etwas Glück noch ausreichend

Zeit, ihn zu Hause festzunehmen, bevor er sich auf den Weg zu seinem nächsten Opfer machen könnte.
Anna war so optimistisch wie seit langem nicht mehr.
Während sie auf die Adresse warteten, durchforsteten sie die eilig beschafften Hintergrundinformationen zu Jens Söhrens.
Seine Jugendstrafakte, Berichte über seine Führung während der Haftzeit. Meldungen der Einwohnermeldeämter zeigten, dass Söhrens nach seiner Zeit in Schweden zurück nach Essen gezogen war.
Dann kurz darauf zog er erneut um, nach Nordstadt. Seine Ex- Frau Lisa war bei einem Verkehrsunfall tödlich verunglückt und hinterließ die gemeinsame Tochter Lea.
»Aus den Verfahrensakten des Familiengerichtes geht hervor,«, sagte Anna an Michi gewandt: »dass sich Söhrens sichtlich um das Sorgerecht des zwölfjährigen Mädchens bemüht hat.
Trotz seiner Vorstrafe bekam er ohne Auflagen das vollständige Sorgerecht zugesprochen.«
Michi kam zu ihr und blickte über ihre Schultern in die Unterlagen.
»Warum sollte er auch?«, fragte Michi rhetorisch: »Er hat seine Haftstrafe abgesessen. Damit gilt er als vollständig rehabilitiert. Niemand wusste von seinem Doppelleben, außerdem ist er leitender Verkäufer und verdient damit gutes Geld.«
»Nun gut.«, sagte Anna nach einer Weile und legte die Akte, die sie studiert hatte, auf den Schreibtisch.
»Ich weiß jetzt über unseren kranken Mörder, was ich wissen

wollte. Jetzt wird es Zeit, ihm das Handwerk zu legen. Wo bleibt nur die Adresse?«

»Hast du kein Mitgefühl mit ihm?«, fragte Michi.

Anna entgleisten sämtliche Gesichtszüge. Hatte sie gerade richtig gehört? Mitleid mit dem ekelhaften Mörder, der ihre Kollegen und mehr als ein Dutzend weitere Menschen auf dem Gewissen hatte? Das Leid der ganzen elternlosen Kinder nicht mitgerechnet? Nein. Anna empfand kein Mitleid. Sie fühlte Hass und Abscheu und tief in ihr den Wunsch nach einer gerechten Strafe, die Söhrens kein deutsches Gefängnis würde bieten können.

Michi hatte Annas Gedanken scheinbar hören können: »Versteh mich nicht falsch, Anna. Ich möchte in keinem Fall rechtfertigen, was dieser Mann verbrochen hat. Es ist unmenschlich und widerlich.

Aber siehst du nicht, wo die eigentliche Ursache liegt? Verstehst du nicht seine Entwicklungsgeschichte? Siehst du nicht sein Leid?«

»Sein Leid? Nein, das sehe ich nicht, Michi. Ich sehe Leichen, die er hinterlässt. Außerdem wäre es ihm nicht egal, ob ich ihn bemitleide oder nicht? Du hast doch gesagt, dass er ein Psychopath ist.«

Michi ließ sich auf einen Schreibtischstuhl sinken und atmete schwer aus.

»Und siehst du Anna, genau darin habe ich mich getäuscht. Unser Mann, Söhrens, er ist kein Psychopath. Er hat ein sehr niedrigschwelliges Emotionsbewusstsein. Er ist dem klassisch verstandenen Psychopathen extrem ähnlich. Ein Laie würde sie nicht unterscheiden können. Aber ich glaube nicht,

dass er emotional unerreichbar ist.«
»Also war dein Profil doch wieder nicht richtig.«
Anna hatte es gesagt, Michi guckte beleidigt zu ihr auf, doch sie lächelte.
Sie meinte es diesmal nicht böse, sie war erleichtert und siegesgewiss.
Wie um sie in ihren wachsend positiven Gefühlen noch zu bestärken, öffnete sich die Bürotür und ein Kollege der Schutzpolizei trat aufgeregt ein:
»Wir haben die Adresse.«, sagte er. Anna und Michi sprangen beide auf.
»Er wohnt in dem Neubaugebiet im südlichen Teil der Stadt. Schiller-Ring-23.«
Anna stürmte voran durch die Tür, doch der junge Kollege, der ihnen die Adresse überbracht hatte, hielt Anna unwirsch am Arm fest.
»Wo wollen Sie hin? Sie müssen auf das Spezialeinsatzkommando warten. Der Mann ist extrem gefährlich.«
Anna riss sich los und raunte den Kollegen an: »Sagen Sie mir nicht, wie gefährlich er ist. Haben Sie mal auf die Uhr geschaut? Wir haben keine Zeit, um auf das Spezialeinsatzkommando zu warten.«
»Anna.«, ermahnte Michi sie bestimmt. »Es ist schon gut, mein lieber Kollege. Ich regele das.«, sagte er dann an den Polizisten gewandt.
Dieser stürmte in Richtung Polizeiwache den Gang hinunter.
»Anna. Er hat Recht. Söhrens ist äußerst gefährlich. Bei so einem Szenario legen die Vorschriften ganz klar fest - und zwar aus gutem Grund,«, sagte er noch energischer, weil er

ihren protestierenden Gesichtsausdruck sah: »dass ein SEK unter Sicherung der Schutzpolizei den Zugriff durchführt.«

»Ich weiß.«, protestierte Anna jetzt: »Aber ich kann nicht hier sitzen und warten, also kommst du mit?«

Als er zögerte, griff sie seinen Arm und schüttelte ihn leicht.

»Michi, ich verspreche dir, ich werde schon nicht vor dem SEK rein gehen, aber ich muss dabei sein.«

Michi dachte kurz über die Lage nach, dann nickte er: »Gut, also los.«

Sonntag, 17. Dezember, 15:34 Uhr

Anna und Michi waren vor dem Spezialeinsatzkommando an der Adresse. Sie fuhren langsam durch das Neubaugebiet. Einige Häuser hier befanden sich noch in der Fertigstellung. Die meisten waren aber bereits bewohnt. Hauptsächlich standen hier Einfamilienhäuser. Großzügig und schmuck, aber zum kleinen Preis. So gab es die heutige günstige Marktlage her. Man musste nicht unbedingt reich sein, um sich solche Häuser leisten zu können. Nur einen festen Job haben und jung genug sein, das Darlehen vor dem Eintreten des natürlichen Todes abzahlen zu können. Zumindest im Moment konnte sich das rechnen.

Die meisten Häuser waren austauschbare Fertighäuser, aus dem Boden gestampft und fertig zur Schlüsselübergabe in weniger als einem halben Jahr.

Wahnsinn, was unter günstigen Bedingungen möglich war.

Anna hätte gerne in so einem modernen Wohngebiet gewohnt, auch wenn sie die Vorteile der Innenstadt nicht missen wollte. Einen Kompromiss würde sie wohl irgendwann eingehen müssen. Am besten mit einem passenden Mann dazu.

»Anna? Bist du bei mir?«

Michi holte Anna aus ihren Gedanken. Schon lange hatte sie sich ihre eigene Zukunft nicht mehr zurecht geträumt. Ein gutes Zeichen. Anna war sich sicher, wenn Söhrens gleich in Handschließen von vermummten Polizisten aus dem Haus gezerrt wurde, dann war wieder alles gut.

Sie würde über ihre Frustration und ihre Ängste vom Versagen hinwegkommen und sich wieder einem halbwegs normalen Leben widmen können.
Sie würde sich anderthalb Stunden bei schlechtem Essen in der Kantine mit den Kollegen amüsieren.
Sie würde sich ihrem Privatleben widmen. Vielleicht würde sie als Einstieg in ein normales Leben ihre alte beste Freundin wieder anrufen.
Sie würde sich für ihr Verhalten über das letzte Jahr entschuldigen und gemeinsam mit ihr wieder durch die Clubs ziehen und fremde Männer anflirten.
»Weißt du, Michi«, sagte sie zu ihm: »Ich hatte ein unfassbar hartes Jahr. Ich freue mich, dass der Spuk nun endlich ein Ende hat.«
Michi lächelte sie an.
»Ich fühle mit dir, Anna. Du hast eine starke Persönlichkeit. Bitte, bleib dir treu, auch wenn alte Vorschriftenreiter wie ich dich bekehren wollen.«
Sie näherten sich dem Zielobjekt. Anna parkte ihr ziviles Einsatzfahrzeug hinter einer langen Schlange von Blaulichtfahrzeugen.
Die Kollegen aus dem Streifendienst hatten, verstärkt durch die Bereitschaftspolizei, einen Ring um das Zugriffsobjekt gezogen und alle Straßenzugänge bereits abgeriegelt.
Die beiden Ermittler verließen das Auto und versuchten, sich einen Überblick über die Lage zu verschaffen.
Sie konnten von ihrer Position das Haus von Söhrens in der Ferne erkennen.
Es war etwa hundertfünfzig Meter entfernt und befand sich

entlang der längsten Straße in diesem Neubaugebiet.
Anna, die der Jugend geschuldet über die bessere Sehkraft der beiden verfügte, erkannte trotz der Ferne, dass das kleine alleinstehende Einfamilienhaus von innen erleuchtet war und in dem Carport neben dem Haus ein Auto stand.
Die Chancen waren also hoch, dass Söhrens noch zuhause war.
Michi nahm Verbindung zu einem der umher stehenden Beamten auf.
An dieser Straßenkreuzung waren neun schwerbewaffnete Beamte positioniert.
Mit zwei Einsatzbussen hatten sie die Zugangsstraße zum Haus des Mörders blockiert.
Michi, der mit dem Gruppenführer, der hier eingesetzten Polizisten, gesprochen hatte, bedankte sich mit einem Schlag auf dessen Oberarm und kam zu Anna zurück.
»Das Einsatzfahrzeug, da, hinter in der Schlange, wird als mobile Einsatzzentrale genutzt. Die Einsatzleitung ist dort drin. Komm, Anna.«
Sie gingen über den matschigen Boden, des wegtauenden Schnees zu dem großen VW-Bus und Anna klopfte an die hintere Tür.
Die Tür schwang auf.
Der hintere Innenraum des Busses war mit Bildschirmen, Lautsprechern und einer Funkstation vollgestellt. Vor den Bildschirmen saßen zwei Beamte. Der bärtige Polizist, der ihnen die Tür geöffnet hatte und sie mit hochgezogenen Augenbrauen ansah, schien der Einsatzleiter zu sein.
Anna ergriff zuerst das Wort: »Anna Lösing, KriPo und

Michael Wehrmann, Fallanalytiker vom BKA. Wir sind die…«
»Ich weiß, wer ihr seid.«, unterbrach der Mann sie: »Ich bin Simon, ich leite den Einsatz. Ich will nicht unhöflich sein, aber ich kann euch hier gerade nicht gebrauchen.«
»Bei allem nötigen Respekt«, unterbrach nun Michi seinerseits den Einsatzleiter: »Aber Sie könnten unser Wissen über den Täter gebrauchen. Der Mann ist äußerst gefährlich.«
Simon war abweisend: »Ich weiß, mit wem wir es zu tun haben.
Ich weiß, dass sich ein Kind mit der Zielperson im Haus befindet. Glauben Sie mir, dass hier ist nicht meine erste Zugriffsoperation. Sie haben ihren Job gemacht, jetzt lassen sie mich meinen machen.«
Unfassbar, diese Arroganz, die ihnen entgegenschlug.
Anna die wieder wütend wurde, versuchte dennoch, zu vermitteln.
»Simon, ich weiß, dass du deinen Job sicherlich gut machen wirst, aber wir könnten doch die Operation über die Bildschirme beobachten, falls sich eine Situation ergeben sollte, in der du uns brauchst, wir wären da. Wir stören aber auch nicht, wenn du uns nicht brauchst.«
Simon überlegte kurz. Als sein innerer Konflikt beendet war, nickte er mit seinem Kopf nach hinten, tat einen Schritt zur Seite und ließ die beiden eintreten.
»Stellt euch hinten in die Ecke. Von dort aus könnt ihr die Bildschirme sehen, die Funksprüche hören, steht aber nicht im Weg.«
»Danke.«, sagte Michi eher zu Anna als zu Simon gewandt.

Er war sichtlich beeindruckt von ihrer plötzlichen Vermittlungskompetenz.
»Okay.«, sprach Simon nun in sein Funkgerät: »Innerer und äußerer Sicherungsring steht. Macht euch hart. Meldet alle Auffälligkeiten. SEK befindet sich im Zulauf. Ankunft in drei Minuten.«
Über einen anderen Funkkanal kam ein Funkspruch rein: »Möwe für Adler, Drohne fliegt.«
Simon sagte zu einem der Beamten am Rechner: »Malte, zeig mir die Drohnenbilder links.«
Malte klickte einige Male auf seiner Tastatur herum. Dann erschien auf einem der Bildschirme ein flackerndes Kamerabild.
Die Drohne befand sich im Rundflug um das Haus des Mörders. Anna erkannte das Carport, welches sie zuvor schon aus der Ferne erspäht hatte.
Die Drohne hatte eine Flughöhe von zweihundertsechsundvierzig Metern, wie eine mal steigende und fallende Zahl am Rand des Bildschirms anzeigte. Anna konnte keine Auffälligkeiten erkennen.
Sie machte sich nur Sorgen, dass Söhrens den Aufruhr um sein Haus herum auf die Dauer mitbekommen musste. Wahrscheinlich war es auf die Schnelle nicht unauffälliger zu machen gewesen. Aber Söhrens würde, sobald er einen Blick durch sein Fenster warf, sicherlich die Polizeiautos in der Ferne erkennen.
Dann kam ein weiterer Funkspruch:
»SEK hat äußeren Ring an Hauptstraße durchquert.«
»Verstanden.« Simon stürmte aus seinem Bus, um das SEK

aufzunehmen.
Anna und Michi folgten ihm.
Draußen waren drei dunkle Vans vorgefahren.
Ein Mann in grauer Militäruniform mit beladener Kampfweste und schwarzer Sturmhaube kam auf Simon zu.
Der Handschlag ließ Anna schließen, dass die beiden sich schon näher kannten.
»Der innere und äußere Ring steht. Wir haben ein Fahrzeug im Carport und Licht im Inneren des Hauses. Das Ziel scheint drinnen zu sein, zusammen mit seiner zwölfjährigen Tochter.«, erklärte Simon dem SEK-Beamten.
»Was für eine Scheiße!«, fluchte der vermummte Mann. »Glaubst du, dass der Mann euch schon bemerkt hat?«
»Wir sind nicht unsichtbar. Ich kann es nicht ausschließen.«
Der SEK-Mann fluchte erneut: »Wären wir schneller hier gewesen, dann hätten wir ihn observieren können und abwarten, bis er das Haus verlässt. Jetzt könnte das Kind ins Kreuzfeuer geraten.«
Simon stimmte ihm nickend zu.
Der SEK-Führer wandte sich ab und sprach in sein Funkgerät: »Okay, Männer, hergehört. Mobiler Zugriff fällt aus!
Daher Vorgehen wie geplant. Team Eins nähert sich durch Garten an. Beobachtungspunkt beziehen nach Möglichkeit. Zugangspunkt zweiter Stock, Kinderzimmer. Zusatzausstattung: Leiter und Schild.
Team Zwei Annäherung mit Fahrzeug auf Frontseite. Zugangspunkt Haustür. Zusatzausstattung: Ramme, Schrotgewehr und Schild.
Team Drei bleibt hier und wird zum Reserveteam.

Ausgangslage beziehen. Wir warten noch bis es dunkel wird, dann Zugriff auf meinen Befehl.«
»Warum warten Sie noch?«, warf Anna ein.
»Wer sind Sie?«, wollte der SEK-Mann wissen.
»Ich mach das schon.«, sagte Simon zu ihm, woraufhin der Mann wieder auf sein Fahrzeug aufsaß.
»Bitte.«, sagte Simon an die beiden Ermittler gewandt: »Bitte, gehen Sie wieder ins Fahrzeug und lassen Sie uns unsere Arbeit machen.«
Anna und Michi standen wieder in ihrer zugewiesenen Ecke der mobilen Einsatzzentrale.
Simon stand vor den Bildschirmen, auf denen jetzt neben den Drohnenaufnahmen auch Helmkamerabilder der SEK-Leute zu sehen waren.
Alle Beamten waren offensichtlich noch in ihren Fahrzeugen.
In Anna und auch Michis Magengegenden rumorte es heftig. Sie waren aufgeregt, als wenn sie vor tausenden Menschen ein Konzert geben müssten.
Alle warteten nun ab, bis es endlich dunkel werden würde, damit sich die Spezialkräfte im Schutz der Dunkelheit unbemerkt annähern konnten.
Anna wurde unfassbar nervös. Sie begann zu zittern, als würde sie frieren, doch war es in dem Fahrzeug auf Grund der ganzen technischen Geräte alles andere als kalt. Sie warf einen Blick auf ihre Uhr.
Es war bereits nach 16:00 Uhr. Dann war es 16:20 Uhr.
Zwar war es schon dämmrig, aber nicht dunkel. Das SEK wartete immer noch.

Warum war Söhrens immer noch nicht losgefahren?
Seine Opfer sind immer zwischen 18:00 Uhr und 20:30 Uhr gestorben. In wenigen Minuten müsste er allerspätestens die Auffahrt verlassen. Ein intelligenter Mann wie Söhrens würde doch nicht schnurstracks zu dem Wohnhaus seiner Opfer fahren. Er würde einen großen Umweg nehmen. Doch die Eingangstür blieb geschlossen.
Dann sah Michi es auf den Aufnahmen der Drohne.
»Da!«, rief er laut aus und ließ alle im Fahrzeug zusammenzucken.
»Fliegen Sie mit der Drohne zum Auto unter dem Carport.«
»Was? Warum? Wir müssen die Haustür im Blick behalten!«, entgegnete Simon zornig und abweisend.
»Ich schwöre Ihnen, er ist nicht mehr in diesem Haus!«
Michi drängte sich vor den Bildschirm und deutete auf die wackelnden Aufnahmen der Drohne.
Die linke Seite des Carports war gerade so im Bild zu erkennen. Es war eine gesteckte Holzwand. Doch dann flog die Drohne etwas weiter nach rechts und auch Anna erkannte, was Michi gesehen hatte.
Das Heck des Fahrzeugs war nur wenige Sekunden im Bild gewesen und aus der schrägen Perspektive war es fast nur zu erahnen, doch der rote Kombi trug kein Nummernschild.
»Da!«, Michi war so dicht am Bildschirm, dass er ihn fast mit seinem Finger berührte. Er spuckte aus vor Aufregung.
»Ich verstehe nicht.«, fing Simon an, doch Anna würgte ihn ab und erklärte ihm mit vor Aufregung zittriger Stimme: »Das Fahrzeug ist nicht zugelassen, er muss ein zweites haben! Söhrens ist nicht in dem Haus!«

Simon zögerte nun nicht mehr. Über Funk gab er die Informationen an das SEK weiter und gab Befehl für den Zugriff. Jetzt war Bewegung durch die Kameras der SEK-Beamten zu sehen.
Es ging wahnsinnig schnell.
Das Team Eins verließ das Fahrzeug, welches auf der Rückseite des Gartens geparkt war. Anna beobachtete mit rasendem Herzen, wie die Beamten über eine schulterhohe Mauer kletterten und mit den Waffen im Anschlag über den verschneiten Rasen zum Haus liefen. Als sie rechts neben der Terrassentür am Gebäude angekommen waren, drückten sie sich eng an der Mauer entlang um die Hausecke und gingen unter dem Fenster des Kinderzimmers in Stellung. Während sie die schwere Sturmleiter unter der Fensterbank einrasten ließen, raste das Team Zwei mit einem gepanzerten Van Richtung Haustür. Kurz vor der Tür verließen acht Beamte in voller Montur das Fahrzeug und sammelten sich vor der Eingangstür.
Der Zugriff war ausgezeichnet koordiniert.
Zeitgleich stürmten die beiden Teams mit lauten »Polizei!«, Rufen von zwei Seiten das Gebäude. Zügig durchkämmten die SEKler Raum für Raum, taktisch klug unter gegenseitiger Überwachung, stets darauf bedacht, dass kein Team dem anderen in die Quere kam.
Nach wenigen Minuten war das Haus gesichert.
Die zwölfjährige Lea wurde im Wohnzimmer beim Fernsehen überrascht und rasch in Sicherheit gebracht.
Sie hatte wahrscheinlich den Schock ihres Lebens bekommen und weinte noch, als sie von einer Polizeibeamtin an

einem der Einsatzfahrzeuge betreut wurde.
Jens Söhrens war nirgendwo zu finden.
Nachdem Simon ihnen bestätigt hatte, dass der Zugriff beendet war und nun die Beweissicherung beginnen sollte, liefen Anna und Michi zu dem Haus. Im Carport stand ein roter Opel Insignia. Die Nummernschilder waren abgenommen. Die linke Front des Wagens war völlig demoliert. Anna erkannte die Beschreibung des Autos. Es war der Wagen, von dem sie in den Unfallberichten zum Tod der Ex-Ehefrau Söhrens gelesen hatte.
Vermutlich hatte Söhrens ihn behalten, um ihn zu reparieren und ihn später einmal seiner Tochter zu schenken. Mutmaßlich hatte Lea den Wagen sogar von ihrer Mutter geerbt.
Das auf Jens Söhrens zugelassene Fahrzeug war unglücklicherweise ebenfalls rot. Verwechslung vorprogrammiert.
Anna sah erneut auf ihre Uhr. Sie hatten noch etwas Zeit. Vielleicht wusste die Tochter, wohin sich ihr Vater aufgemacht hatte. Hoffentlich. Oder sie fanden im Haus Hinweise auf das nächste Opfer.
Sie teilten sich auf. Michi unterstützte die Kollegen der Spurensicherung bei der Sichtung möglicher Beweismittel und Anna ging zu dem Einsatzfahrzeug, in dem sich die kleine Lea befand.
Anna bedeutete der Kollegin vom Streifendienst, dass sie sie kurz alleine lassen solle, dann stieg sie ein und setzte sich zu Lea auf die Rückbank.
Das Mädchen guckte sie unsicher und schluchzend durch verheulte Augen an.
»Du bist doch Lea?«, fragte Anna sie behutsam: »Ich bin von

der Kriminalpolizei. Weißt du, was das bedeutet?«
Das Mädchen schluchzte weiter, aber der verängstigte Gesichtsausdruck wandelte sich in einen wütenden.
»Ich bin kein kleines Kind mehr.«, sagte Lea zornig. »Ich bin zwölf Jahre alt und habe schon eine Klasse übersprungen.«
Anna biss sich auf die Unterlippe. Sie wusste einfach nicht, wie man mit Kindern angemessen umging.
»Dann weißt du ja, was mein Job ist, oder?«
»Natürlich.«, sagte das Mädchen wichtig: »Du jagst böse Menschen, wie Mörder und so.«
»Ja, genau«, pflichtete Anna ihr bei und fügte dann an: »Und du musst mir helfen. Glaubst du, du kannst das für mich tun?«
»Jagst du den Advent-Mörder?«
Anna schluckte. Damit hatte sie nicht gerechnet. Was hatte dieser kranke Typ seiner unschuldigen Tochter nur erzählt?
»Ich - nun ja, was weißt du darüber?«, fragte Anna sie.
»Ich habe es in den Nachrichten gesehen. Papa lässt mich abends immer die Nachrichten auf meinem iPad gucken. Er meint: Mit politischer Bildung muss ich früh anfangen.«
Dann fing sie auf einmal hemmungslos zu weinen an.
Sie weinte so heftig, dass ihr ganzer Körper anfing zu zittern und sie einen Schluckauf bekam.
Anna, die nicht wusste, was sie sonst hätte tun sollen, nahm das Mädchen tröstend in den Arm.
»Du musst ihn stoppen!«, rief sie durch ihr Schluchzen hin durch.
»Bitte, rette meinen Papa. Ich habe ihn gerade erst

zurückbekommen und meine Mama ist auch schon tot.«
Anna überlegte, was sie dem weinenden, verzweifelten Mädchen erzählen sollte. Für Jens Söhrens konnte sie kein Mitleid aufbringen, doch aber für dieses kleine, unschuldige Geschöpf.
Die Mutter verloren, durchlitt sie nun, ironischerweise, denselben Schmerz wie all die Kinder, denen ihr Vater das letzte Elternteil mit Gewalt genommen hatte.
Dann entschied Anna sich für den einfachsten, aber moralisch zweifelhaften Weg und hoffte inbrünstig, dass Gott oder Karma oder was auch immer ihr verzeihen möge.
»Okay, dann hilf mir bitte, deinen Vater zu retten. Du musst mir nur sagen, wo er hingefahren ist.«
Lea schüttelte den Kopf.
»Das weiß ich nicht. Ich glaube, er trifft eine Frau und will nicht, dass ich es erfahre.«
»Wie kommst du darauf.«, fragte Anna.
»Naja, er fährt sehr oft weg. Meistens abends und sagt, er trifft sich mit Freunden. Ich glaube, er will sie mir noch nicht vorstellen oder er trifft sich mit vielen unterschiedlichen Frauen. Ich weiß doch, wie so etwas funktioniert.«
Sie verzog das Gesicht zu einer Grimasse und streckte angewidert ihre Zunge heraus.
»Und warum glaubst du, dass er sich nicht mit Freunden trifft?«
»Er hat sich noch nie bei uns zuhause mit Freunden getroffen. Das ist doch merkwürdig, oder?«
Anna nickte zustimmend: »Da hast du auf jeden Fall recht. Weißt du denn, wann dein Papa losgefahren ist?«

Das Mädchen dachte über die Frage nach und antwortete dann: »Heute Nachmittag, sein Freund«, sie krümmte sarkastisch Zeige- und Mittelfinger beider Hände: »wohnt wohl irgendwo außerhalb.«
»Ich danke dir. Pass auf dich auf.«
Anna wollte wieder aussteigen, doch das aufgeweckte kleine Mädchen griff sie am Arm.
»Retten Sie meinen Papa.«, flehte sie.
»Ich verspreche es.«
Tränen liefen über Annas Gesicht, als sie sich vom Fahrzeug abwandte. Die Enttäuschung hätte nicht größer sein können. Der Kummer, den sie vor einer Stunde schon besiegt geglaubt hatte, war mit einem Mal zurückgekehrt. Zusätzlich verstärkt durch das Schicksal der kleinen Lea.
Anna betrat das Haus des Mörders. Es herrschte ein hektisches Treiben. Überall wuselten Polizisten durch die Gegend. Michi war im Arbeitszimmer und durchwühlte einen großen Schreibtisch aus Eiche. Papiere, die ihm nicht weiterhalfen, hatte er achtlos zu Boden geworfen.
Als Anna den Raum betrat, warf er einen flüchtigen Blick über die Schulter, bemerkte sie und fragte, ohne dass er mit dem Durchwühlen der Schubladen aufhörte: »Und? Konntest du was erfahren?«
»Absolut nichts. Die Kleine weiß nichts von den Machenschaften ihres Vaters. Sie denkt, er datet verschiedene Frauen.«
»Hier gibt es auch rein gar nichts zu holen. Keine Notizen oder Tagebücher, nicht einmal Trophäen. Aber das hatte ich auch nicht erwartet. Er würde sein Hobby nicht mit nach

Hause bringen.« Michi wirkte frustriert. Sie waren so dicht dran, aber auch so weit weg.

»Also? Was machen wir jetzt, Michi?«, wollte Anna wissen.

»Das echte Fahrzeug unseres Mannes wurde zur Fahndung ausgeschrieben. Wir können entweder weiter hier nach Aufzeichnungen zu seinem Opfer suchen oder wir fahren ziellos durch die Gegend, in der Hoffnung das Auto zu finden.«

Anna war für letzteres. Sie vertraute mittlerweile auf Michis Urteilskraft. Wenn er sagte, dass es hier keine Spuren gebe, dann war es wahrscheinlich auch so.

Wenn sie die Straßen der Nordstadt befahren würden, wären sie zwei weitere Paar Augen auf den Straßen.

Sie liefen los. Die Straße hinunter zu ihrem Auto.

Als sie beim Auto ankamen und einstiegen, schaltete Anna das integrierte Funkgerät an.

Sie startete den Motor. Sie wollte losfahren, doch dann zögerte sie:

»Michi, das Mädchen hat etwas beiläufig gesagt, ich weiß nicht, wie ich es einschätzen soll.«

Anna berichtete ihm, dass laut Lea der vermeintliche Freund ihres Vaters weiter außerhalb wohne.

Michi grübelte: »Hm, es ist schon möglich, dass er ihr die Wahrheit gesagt hat, wenn sie ihn mit der Frage überrascht hat. Das Kaufhaus ist sehr einzigartig, das werden sicherlich auch Menschen von außerhalb besuchen, um Weihnachtsgeschenke zu kaufen.«

»Das ist es, Michi. Das Kaufhaus! Er hat doch seine ganz besondere Eintrittskarte. Lass uns abfragen, ob jemand seine Papiere im Kaufhaus verloren oder gestohlen gemeldet hat.«

»Anna, du hast Recht. Funk die Zentrale an. Das müsste doch schnell festzustellen sein.«
Sofort hängte sich Anna ans Funkgerät und gab die Abfrage durch. »das wird aber schon einen Augenblick brauchen, wenn die Meldung noch nicht im Zentralregister erfasst, ist«, hatte der Kollege ihre Erwartungen gedämpft.
»Was machen wir jetzt? Sollen wir hier warten, bis wir die Info oder die Meldung über einen neuen Mord bekommen?«, fragte Anna sichtlich erregt.
Michi schwieg kurz, dann sagte er: »Was haben wir zu verlieren. Wir können die naheliegenden Dörfer abfahren. Die werden durch die Kollegen wahrscheinlich weniger befahren. Somit wird er da auch schwieriger auffindbar sein. Was meinst du?«
Anna nickte und fuhr los.
»Ich melde uns im Funkkreis an und erbitte bei der Zentrale, dass vermehrt die Außenbereiche und umliegenden Dörfer bestreift werden sollen. Außerdem erfrage ich die Fahrzeugbeschreibung und mache Druck wegen der Abfrage.«
Nachdem Anna ihre Kenntnisse mit dem diensthabenden Polizisten der Zentrale geteilt hatte, stimmte dieser zu, die Bestreifung der Außenbezirke zu verstärken.
Die beiden Ermittler befuhren zunächst den Cityring und bogen dann auf die Stadtautobahn. Sie wählten die nördliche Fahrtrichtung. Raus aus der Stadt. Anhand einer Karte der Stadt, die sie sich im Internet angeguckt hatten, planten sie ihre Route. Sie schätzen, dass Söhrens eher nicht weiter als eine Stunde fahren würde, um seine Opfer zu finden. Sicher wäre er heute nicht das erste Mal unterwegs zum Haus seines

Opfers. Wahrscheinlicher war, dass er sein Opfer schon mehrfach observiert hatte.
Es war bereits stockdunkel. Eine mondlose Nacht. Nur die Straßenlaternen spendeten ihnen etwas Licht. Sie durchquerten einige Dörfer im Umkreis der Stadt. Sie fuhren langsam und achteten auf jedes an den Straßen geparktes Auto. Sie suchten nach einem roten VW Passat mit dem Kennzeichen »NOS- JS- 120«. Allerdings schien die Suche nicht wirklich planmäßig, aber etwas zu tun half bei der Bekämpfung der inneren Unruhe.
Der Zugriff auf Söhrens Haus war schon über drei Stunden her. Seitdem waren sie erfolglos unterwegs. Die Dunkelheit und die Anstrengungen der letzten Tage ließen sie immer müder werden. Über den Polizeifunk verfolgten sie die eingehenden Meldungen der anderen Streifenbesatzungen. Die meisten gaben den allabendlichen Ablauf von Schutzpolizisten wieder. Beleidigungen, Körperverletzungsdelikte und Streitereien unter Nachbarn. Der ganz normale Wahnsinn einer Großstadt. Zweimal kam auch eine Meldung über das Auffinden ihres gesuchten Fahrzeuges, aber beide Male hatten sich die Beamten bei erstem Hinsehen geirrt. Bisher hatten sie trotz mehrfacher Nachfrage noch keine Antwort auf ihre Anfrage.
Als es schon weit nach 19:00 Uhr war, stieg in Anna die Panik auf. Welche Chance hatten sie jetzt noch, Söhrens rechtzeitig zu finden?
Die Tankanzeige piepste um 19:56 Uhr. Immer noch keine Spur des roten Passats. Aber auch immer noch keine Meldung über einen Mord.

Vielleicht hatten sie doch noch eine kleine Chance.
Sie waren in einem kleinen Dorf mit dem passenden Namen Norddorf etwa fünfzehn Kilometer von Nordstadt entfernt.
Anna fuhr an die Tanksäule einer Tankstelle. Nicht dass sie bei ihrer Suche noch abgeschleppt werden müssten.
Sie tankte. Kaufte beiden einen starken Kaffee und ein belegtes Brötchen und sie fuhren weiter.
Unterwegs wechselten sie kaum Worte. Zu konzentriert waren sie, in der Dunkelheit kein Fahrzeug zu verpassen, was ihnen entgegenkam. Sie befuhren die Straßen des kleinen Dorfes, in dem sie getankt hatten, als der Funkspruch kam:
»Fisch für Adlerhorst, befinden uns in Heringsdorf an der Semmelgasse Höhe Siedlerstraße. Wir haben den gesuchten Personenkraftwagen mit dem amtlichen Kennzeichen NOS-JS- 120 gesichtet. Das Fahrzeug steht am Straßenrand. Ordnungsgemäß geparkt. Sollen wir ans Fahrzeug rangehen?«
Anna und Michi hielten die Luft an. Während die Zentrale antwortete, fuhr Anna rechts ran und Michi googelte nach der genannten Adresse.
»Adlerhorst für Fisch. Geht ans Fahrzeug ran. Denkt an die Eigensicherung. Der Mann ist extrem gefährlich.«
»Anna.«, rief Michi. Er hob sein Handy triumphierend in die Luft und zeigte mit einem Finger darauf: »Wir sind keine fünf Minuten von Heringsdorf entfernt.«
Anna ließ sich nicht bitten. Durch das Fenster der Fahrertür steckte sie das magnetische Blaulicht auf das Dach des zivilen Einsatzfahrzeugs und gab Gas.

Kapitel 8

Der Mann, der Jens Söhrens war, ging langsam ins Wohnzimmer.
Über seinen Straßenklamotten trug er seinen weißen Overall in XXL und eine FFP2-Maske über Mund und Nase, um zu verhindern, dass er DNA-Spuren hinterließ. Ein wenig schmerzte es ihn, dass er sich in so unbequeme Kleidung zwängen musste, sich verkleiden musste, vor seinem großen Finale. Aber nur so konnte er dafür sorgen, dass er ihn immer wieder erleben, ihn immer wieder spüren konnte. Diesen einen Moment. Dieser Moment, der in ihm wahres Glücksgefühl hervorrufen konnte.
Nicht nur für ihn, aber für das unschuldige Kind, welches, geschützt durch seine Handlung, nun ein neues, besseres Leben würde führen können. Es müsste nicht mehr diesen Hass in sich tragen. Keine Gewalt, keine Demütigungen mehr erfahren. Es würde endlich frei sein. So wie er es heute war.
Söhrens stand nun im Wohnzimmer. Zu seinen Füßen lag Lehmann, er war immer noch bewusstlos.
Bis zu diesem Zeitpunkt war der Mann vor ihm Lehmann gewesen. Ein Fremder, ein Niemand, jetzt wurde er zu dem

Mann, den er immer gehasst hatte. Der Mann, der ihn all die Jahre so schlecht behandelt hatte. Der ihn vernachlässigt hatte, ihn geschlagen hatte, ihn gedemütigt hatte. Immer und immer wieder.
Söhrens spürte, wie der Schmerz seiner Kindheit wieder in ihm aufstieg, wie ein brodelnder Vulkan.
Der Griff um den Gegenstand in seiner Hand verstärkte sich.
Verstärkte sich so sehr, dass seine Knöchel weiß wurden.
Er blickte hinab in die Augen seines Vaters.
Er holte tief Luft.
Dann ließ er den Vulkan ausbrechen.

Sonntag, 17. Dezember, 20:15 Uhr

Anna und Michi

Als Anna und Michi in das besagte Dorf einfuhren, schaltete Anna das Martinshorn aus. Sie wollte Söhrens nicht aufschrecken. Ihm nicht die Gelegenheit geben, seinen grausigen Höhepunkt vorzuziehen. Ihm nicht die Gelegenheit zur Flucht zu geben.

Norddorf schien zu dieser Uhrzeit menschenleer. Es lag da in völlige Dunkelheit getaucht.

Anna musste nicht lange suchen, bis sie den Streifenwagen fand, aus dem der Funkspruch ergangen war, der sie hierhergeführt hatte.

Sie befanden sich in einer verwinkelten verkehrsberuhigten Straße.

Der Schnee der letzten Tage war schon vollständig aufgetaut.

Alle Autos waren auf der rechten Straßenseite in dieselbe Fahrtrichtung geparkt.

Der Streifenwagen stand zur Hälfte in einer Auffahrt eines Einfamilienhauses. Für einen Moment dachte Anna, dass dies schon das Haus des heutigen Opfers sein musste, doch dann erkannte sie den roten PKW von Söhrens einige Meter hinter dem Streifenwagen. In dem schwachen Licht einer Laterne konnte sie das Kennzeichen lesen. Es war in der Tat das gesuchte Fahrzeug. Anna fuhr rechts ran. Sie stellte den

Motor ab. Sie blickte zu Michi hinüber.
»Siehst du die beiden Kollegen?«, fragte sie.
Michi schaute durch den Seitenspiegel, dann den Rückspiegel. Er drehte sich in seinem Sitz um und deutete durch die Heckscheibe in die Dunkelheit.
»Da kommen sie.«
Anna und Michi stiegen aus. Zwei Polizistinnen in Uniform kamen langsam auf sie zu. Sie leuchteten mit ihren Taschenlampen die Umgebung aus und beobachteten genauestens die Gegend.
»Guten Abend.«, grüßte Anna die beiden, als sie nahe genug bei ihnen waren, um ihre Marke, die sie ihnen entgegengestreckt hatte, erkennen zu können.
»N'Abend.«, entgegnete die eine. »Ich bin Rebecca, das ist Thea. Wir waren die ersten und bisher die einzigen hier am Ereignisort.«
»Habt ihr das Auto durchsucht?«, fragte Michi.
»Natürlich. Wir haben das Auto vor etwa zehn Minuten entdeckt. Die Zentrale gab uns die Freigabe für den Zugriff auf das Fahrzeug. Es war niemand drin. Wir haben es aufgebrochen, wegen Gefahr im Verzug. Das Auto war extrem aufgeräumt und wir konnten keinen Hinweis auf die gesuchte Person entdecken. Danach haben wir uns im Nah- und Nächstbereich des Fahrzeuges umgesehen. Ohne Erfolg.«
Thea, die anders als ihre Partnerin sehr jung zu sein schien, hatte es heruntergebetet, als wenn sie vor einer Prüfungskommission stände.
Sie war offensichtlich noch nicht lange im Streifendienst.
»Okay, wie weit seid ihr gekommen?«

»Nicht weit. Vielleicht fünfzig Meter die Straße hoch und runter.«
»Nein.«, sagte Michi: »Er ist nicht so unbedacht und parkt direkt vor dem Haus des Opfers. Wir müssen die Straßenzüge im weiteren Umkreis absuchen.«
»Na dann machen wir hier weiter und ihr beginnt zwei Querstraßen südlich von hier.«, schlug Rebecca vor.
»Ich gebe über Funk eine Lagemeldung ab und fordere weitere Verstärkung an.«
»Alles klar.«
Michi wollte sich auf den Weg in die Richtung machen, die Rebecca vorgeschlagen hatte, doch Anna wies ihn an, kurz zu warten. Sie rannte zu ihrem Fahrzeug zurück und kam nach wenigen Sekunden keuchend wieder.
In ihrer Hand hielt sie eine Taschenlampe. Sie reichte sie an Michi.
»Damit wirst du eine größere Hilfe sein.«
Es war Michi durchaus etwas peinlich, aber er lächelte dankbar.
Sie liefen los. Zwei Parallelstraßen weiter wollte Anna ihre Suche beginnen. Doch diesmal war es an Michi, Anna zum Innehalten aufzufordern.
»Was ist?«, wollte Anna wissen. »Hast du was gesehen?«
»Nein, das ist es nicht. Aber guck dich hier um. Es ist nur ein kleines Dorf. Aber er könnte praktisch in jedem dieser Häuser stecken. Von außen werden wir kaum Auffälligkeiten feststellen.«
Anna wurde ungeduldig: »Was sollen wir stattdessen tun? Haus für Haus durchkämmen? Dafür sind es zu viele Häuser,

wir zu wenige und es ist schon viel zu spät. Wir haben nur noch die Chance auf einen Glückstreffer, um den Mord noch zu verhindern.«

»Nicht unbedingt.«, entgegnete Michi und winkte ihr zu. »Komm mit!«

Er ging eilig über den Bürgersteig, durch ein offenes Gartentor über einen Weg, geradewegs zu der Haustür eines kleinen Einfamilienhauses. Im Inneren des Hauses brannte Licht, doch das war bei beinahe allen Häusern zu dieser Uhrzeit der Fall.

Anna war verwirrt, folgte Michi aber ohne Widerwort.

Als Michi die drei Stufen zur Eingangstür erklommen hatte, klingelte er.

»Was machst du?«, Anna war aufgeregt, neugierig, panisch und zornig, alles zugleich.

Während sich im Inneren hörbar Schritte der Haustür näherten, sagte Michi: »Wir sind hier in einem kleinen Kaff. Die meisten Häuser sind recht neu. Hier kennt jeder jeden und ein alleinerziehender Vater fällt definitiv aus der Reihe, des vorstädtischen Dorflebens.«

»Was kann ich für Sie tun?« Eine älter aussehende Dame mit einer Kartäuser-Katze auf dem Arm öffnete die Tür.

»Wir sind von der Polizei und suchen einen Mörder.« Michi hielt ihr seine Marke ins Gesicht.

»Sie müssen uns helfen. Das Opfer ist uns namentlich nicht bekannt. Trotzdem werden sie ihn wahrscheinlich kennen. Er ist ein alleinerziehender Vater.«

Kapitel 9

Er war ein alleinerziehender Vater.

Söhrens erhob sich langsam und betrachtete vergnügt sein Werk.
Sein Vater war tot.
Sein Gesicht war kaum noch zu erkennen, so zermatscht und völlig blutüberströmt. Wenn er nicht wüsste, wen er vor sich hatte, dann könnte hier ein Fremder liegen, ein Niemand.
Doch es war sein Vater.
Söhrens streckte seine Arme weit zu den Seiten und ließ seinen Kopf in den Nacken fallen. Er genoss jeden Atemzug dieses köstlichen und flüchtigen Augenblicks.
Er hatte sich seines Vaters abermals entledigt. Erneut hatte er eine unschuldige Kinderseele gerettet. Sie befreit.
Konnte es einen größeren Helden als ihn geben?

Sonntag, 17. Dezember, 20:59 Uhr

Anna und Michi

Sie rannten die Straße hinunter. Die einsame alte Katzendame hatte ihnen nicht helfen können, aber schon beim nächsten Haus hatten sie Erfolg. Sie wussten nun, welche Adresse sie aufsuchen mussten.
Nach zwei Minuten eines, für Michi intensiv schnellen Laufs, kamen sie schlitternd vor dem würfelartigen Neubau zum Stehen.
Völlig außer Atem, holten sie tief Luft und versuchten den Puls herunterzubringen. Dann ging Anna los.
Michi blieb wie eingefroren stehen.
»Michi? Worauf wartest du? Komm schnell.«
Anna wirkte fest entschlossen.
»Anna, wir können da nicht einfach rein stürmen. Wir müssen Verstärkung rufen.«
In Anna kam die Wut hoch. Ist das wirklich sein Ernst? Er kneift jetzt? So kurz vor dem Ziel?
»Ich rufe Verstärkung.«, sagte Michi bestimmt und zückte sein Handy. Er hatte den Notruf gewählt, für ihn, der hier fremd war, der schnellste Weg zur Einsatzzentrale.
Es war nicht zu fassen. Sie waren endlich so kurz davor, ihn zu schnappen und der große Fallanalytiker musste erst mal Hilfe rufen.
Anna machte auf dem Absatz kehrt. Sie zückte ihre Pistole

und ging zum Haus.
»Anna.«, zischte Michi ihr hinterher. Er fühlte sich schmerzlich erinnert an den Moment vor der dunklen Wohnung. Auch damals hatte Anna ihn stehen lassen. Ohne Absprache und völlig gegen jede Vorschrift. Warum brachte sie ihn nur erneut in diese Lage?
Michi fühlte sich verloren. Die schlechten Erfahrungen seiner gesamten Karriere, die kranken und die abgrundtief bösen Menschen, die er im Einsatz für die Gerechtigkeit gemacht hatte, dazu die arroganten Kollegen, die sich über jede Richtlinie hinwegsetzen. Genau dagegen hatte ihm in den letzten Jahren sein Schutzschild hinter Vorschriften und Verfahren geholfen, ihm in unzähligen Dilemmasituationen davor bewahrt, den sicheren Grund zu verlassen, sein sicheres und wohliges Leben trotz des risikoreichen Jobs ohne Sturz in emotionale Tiefen zu leben.
Er war einer von vielen und, da er stets im Rahmen der Regeln blieb, musste er sich so gut wie nie dafür rechtfertigen. Nur mit den wenigen Idealisten in seinem Umfeld bekam er sich hin und wieder in die Haare. Sein Chef. Anna.
Warum mussten Idealisten nur solche verdammten Sturköpfe sein?
Michi blickte zu dem Haus.
Im Innern schien ein schwacher Lichtschimmer. Er erkannte große Fußspuren in dem matschigen Vorgarten, die zur Tür führten. Keine die wegführten. Anna war nicht mehr zu sehen.
Der Mörder war noch hier.
In diesem Moment zerbarst Michis Schutzschild und

entschlossen, wie noch nie zuvor in seinem Leben, stürzte er sich in die Ungewissheit, in die Gefahr.
Anna hatte die Fußspuren auch bemerkt. Ungewöhnlich für Söhrens Spuren zu hinterlassen. Oder wollte er sie im Anschluss an sein krankes Werk noch entfernen? Sie würde ihm dazu nicht die Gelegenheit bieten.
Es endete hier.
Es endete jetzt.
Unbemerkt war sie um das Haus herumgeschlichen. Sie war auf der Suche nach einem geeigneteren Zugangspunkt zum Haus als die schwere Fronttür, welche sie ohnehin nicht ohne Werkzeug öffnen könnte.
Hinterm Haus befand sich ein kleiner Garten, aber keine große gläserne Terrassentür führte ins Haus, wie Anna es gehofft hatte. Es gab nur eine weitere schwere Holztür, die wahrscheinlich in eine Art Hauswirtschaftsraum führen würde.
Dann musste es ein Fenster sein. Anna entdeckte ein Fenster in guter Einstiegshöhe. Sie blickte hindurch. Drinnen war es dunkel. Als sie sich zuvor dem Haus genähert hatte, war noch ein leichter Lichtschein erkennbar gewesen. Doch nun war es dunkel. Hatte Söhrens sie beim Umherschleichen bemerkt?
Es gab wohl keinen anderen Weg. Anna ging an das Fenster heran, drehte ihre Pistole um und schlug mit dem Griff kräftig zu.
Es klirrte laut, als die Scheibe zerbarst. Splitter flogen in alle Richtungen. Anna blickte in den düsteren Raum hinter dem Fensterrahmen.

Dann stieg sie ein.
Drinnen schaltete sie nur für einen Moment die Taschenlampe ein. Sie befand sich in der Küche. Sie war allein. Schnell schaltete sie die Taschenlampe wieder aus.
Sie wusste, dass Söhrens, sollte er noch hier sein, das zerberstende Fenster in jedem Fall gehört hatte. Doch sie wollte es ihm nicht zu einfach machen. Sie verzichtete auch darauf, sich durch einen Ruf erkenntlich zu machen.
Langsam schlich sie durch die Küche und näherte sich der Tür, die in den Flur führen musste.
Ihr Herz pochte so laut, dass sie es hören konnte. Ihre Knie zitterten, aber sie schaffte es, sich zusammenzureißen. Halbwegs die Ruhe zu bewahren. Sie konzentrierte sich auf jedes Geräusch. Die einzigen Geräusche, die sie jedoch hören konnte, waren eben das eigene Herzpochen und ihre eigenen leisen Schritte. Sie setzte jeden Schritt mit Bedacht. Sie ging links in ein Zimmer. Immer noch hörte sie kein Geräusch. War Söhrens schon geflohen?
Oder war sie doch im falschen Haus?
Sie riskierte einen weiteren kurzen Lichtblick mit der Taschenlampe. Wieder ein leeres Zimmer. Das Wohnzimmer. Sie schlich weiter voran. Ihre Ohren waren gespitzt. Dann glaubte sie, in der Ferne ein Rasseln zu hören. Oder war es nur der Wind, der durch das zerstörte Küchenfenster in das Haus wehte?
Plötzlich stieß Anna mit ihrem Fuß an etwas hartes, sie kam ins Straucheln. In einer Hand die Taschenlampe, in der anderen die Schusswaffe, verlor sie das Gleichgewicht und stürzte.

Durch den harten Aufprall ließ sie Waffe und Lampe fallen. Sie rappelte sich auf die Knie. Vorsichtig strich sie mit ihren Händen über den Boden, auf der Suche nach den beiden Gegenständen. Der Boden war mit flauschigem Teppich überzogen. Er fühlte sich warm und weich an. Dann fasste Anna in etwas Feuchtes. Reflexartig zog sie ihre Hand zurück. Dabei stieß sie gegen ihre Taschenlampe. Sie hob die Taschenlampe auf und schaltete sie ein. Der Lichtschein war auf sie selbst gerichtet. Im peripheren Sichtfeld nahm sie ihre rechte Hand wahr. Sie fühlte, wie ihre Finger klebten. Eine schmierige Flüssigkeit hatte ihre Handfläche tiefrot gefärbt. Anna erweiterte schreckerfüllt ihren Blick. Sie leuchtete in die Richtung, in der sie den feuchten Fleck gespürt hatte. Langsam kam ein Gegenstand in den Schein der Taschenlampe. Es war ein Schuh, dann folgte ein Bein, dann das andere. Eine große Blutlache hatte den Teppich neben dem Kopf des Leichnams von Lehmann durchgesickert. Anna stürzte unbedacht auf den leblosen Körper zu.
Nein.
Auch wenn die Hoffnung gering gewesen war, Lehmann lebend zu finden, wollte Anna es nicht wahrhaben. Sie hatte erneut versagt. War wieder zu spät gekommen.
War Söhrens also schon über alle Berge?
Michi stürmte durch den matschigen Vorgarten zur Haustür. Am Klingelschild las er den Namen, den ihnen der Nachbar genannt hatte: Lehmann.
Durch ein Fenster neben der Tür spähte Michi hinein. Er konnte einen im Dunkel liegenden Flur und Andeutungen von Möbeln erkennen. Keine Spur von Anna.

Michi wagte es nicht nach ihr zu rufen, zu groß das Risiko, das Söhrens noch da war.
Für einen kurzen Moment überlegte er, ob er klingeln sollte. Was konnte das auslösen? Söhrens würde die Tür mit Sicherheit nicht öffnen. War Anna schon drin? Wie war sie hineingelangt? Langsam streckte Michi die Hand nach der Türklinke aus, um zu prüfen, ob sie verschlossen war. Er drückte mit seinem stämmigen Körper gegen die solide Tür. Sie ließ sich nicht bewegen.
Dann schalte ein lautes Klirren durch die kalte Nachtluft.
Michi ging behutsam um das Haus herum, zum Ursprung des Geräusches.
Kein Zweifel, Lehmann war tot. Anna wusste um ihr Versagen. Erneut war sie zu spät.
Wenn Söhrens schon vom Tatort entkommen war, wäre er jetzt bereits auf der Flucht. Wenn er sie oder Michi schon bemerkt hatte, dann wäre er jetzt schon auf dem Weg ins Ausland. Anna wusste nicht, wie erfolgversprechend internationale Fahndungen waren. Hoffentlich würde Söhrens, wenn er sich in die Ecke gedrängt fühlte, kein Massaker veranstalten.
Sie glaubte nicht, dass der Mörder sich so leicht ergeben würde. Sie musste unwillkürlich an die beiden Kollegen denken, die Söhrens an seinem letzten Tatort ermordet hatte.
Ein Geräusch, welches von oben zu kommen schien, schreckte sie aus ihren Gedanken und ließ sie sich wieder auf ihre Umgebung fokussieren.
Kann das das Kind gewesen sein? Oder war der Psychopath doch noch hier?

Anna stand auf. Sie leuchtet den Boden nach ihrer Pistole ab. Sie fand sie neben dem Sofa, über dessen Ecke sie wohl gestolpert war.
Wieder mit Taschenlampe und Waffe gewappnet, schlich sie durch den Raum. Hin und wieder leuchtete sie die Ecken und Nischen des Hauses aus, aber nie zu lange, um ihrem Widersacher keinen Vorteil zu verschaffen. Einen Vorteil, den er, wenn er noch hier war, ohnehin schon hatte.
Anna hatte den Flur durchquert, ohne etwas von oben gehört zu haben. Sie stand nun vor einer Wendeltreppe, die nach oben führte. Sie leuchtete kurz die Treppe hinauf. Nichts.
Dann hörte sie hinter sich Glasscherben zerbrechen. Die Geräusche kamen aus der Küche. Anna wandte sich von der Treppe ab. Söhrens musste auf die Scherben beim Küchenfenster getreten sein. Er würde auf dem Weg, auf dem sie ins Haus gekommen war, fliehen.
Dann hörte sie vor sich ein dumpfes Geräusch, einen schrillen Aufschrei. Dann Stille. Es war eine männliche Stimme gewesen, die sie gehört hatte.
Eine Stimme, die sie kannte.
Michi stand vor dem zertrümmerten Küchenfenster.
Hier musste Anna durchgestiegen sein. Er leuchtete hinein. Es war niemand zu erkennen.
Ungeschickt hievte Michi seinen beleibten Körper über die Fensterbank ins Haus. Er unterdrückte einen Schmerz erfüllten Aufschrei, als er sich die linke Handinnenfläche an einem Stück Glas, das noch im Rahmen steckte, aufschnitt. Warmes Blut floss über seine Finger. Auf der anderen Seite der Mauer angekommen, versuchte Michi rasch, sich einen

Überblick über die Räumlichkeiten zu verschaffen.
Er nahm eine große Küchenzeile mit mehreren stilistisch passenden Hängeschränken wahr. In der Mitte des großen Raumes befand sich eine beeindruckende, moderne und gewiss hochpreisige Kücheninsel. Michi machte einen Schritt nach vorne und trat mit dem rechten Fuß in mehrere von den herumliegenden Glasscherben.
Inständig hoffend, nur Anna habe das laute knirschende Geräusch vernommen, ging Michi weiter. Äußerst vorsichtig ging er Schritt für Schritt um die Kücheninsel herum, seine Waffe nach vorne gerichtet und schussbereit. Er erinnerte sich nur zu gut daran, wie er die beiden Polizisten in der Wohnung von Ralf Peters gefunden hatte. Der Täter hatte die Kücheninsel also schon einmal als Deckung genutzt, um Polizisten zu töten. Michi lief kalter Angstschweiß den Rücken hinunter. Doch er umkreiste die Kücheninsel unbeschadet. So weit, so gut.
Er hörte Schritte, die aus dem Flur zu kommen schienen. Er bewegte sich in diese Richtung und horchte. Gedämpfte Schritte, leichtfüßig, wie die, die Anna verursachen würde und nicht ein fast zwei Meter großer Söhrens.
Michi tastete sich langsam in der Dunkelheit vor. Er wagte es nicht, seine Taschenlampe zu benutzen.
Dann hörte er einen leisen Ton. Ein Rasseln. Es war hinter ihm. Panisch blickte er zurück. Er konnte nur Dunkelheit ausmachen. Das Licht seiner Taschenlampe erhellte die Küche hinter ihm.
Nichts war zu sehen. Schnell machte er das Licht wieder aus. Er wandte sich wieder zum Flur. Michi machte einen

weiteren Schritt, dann vernahm er einen Luftzug von links. Für eine Reaktion hatte Michi keine Zeit mehr. Der Schlag traf ihn so hart, dass er mit einem Schmerzensschrei auf den Lippen in sich zusammensackte.

Anna beschleunigte die Geschwindigkeit ihrer Schritte.

Sie hatte Michis Stimme erkannt. Er hatte aufgeschrien. Der Schrei war kurz, aber durchdringend gewesen. Hatte Michi sich doch entschieden und war ihr nachgeeilt? Und war er nur gestürzt oder war ihm Söhrens in die Quere gekommen? Sie hielt vor der Küchentür kurz inne, dann betrat sie, mit der Waffe im Anschlag, die Küche.

Es ging alles wahnsinnig schnell.

Sie erblickte in der Dunkelheit vor sich auf dem Boden liegend einen leblosen Körper.

Eine Hand griff von links an ihre Waffenhand, eine massive Schulter rammte ihren Kopf. Vor Schreck und Schmerz ließ sie abermals die Waffe und Taschenlampe fallen.

Eine große kräftige Hand schloss sich um ihren Jackenkragen und schleuderte die Polizistin einmal um die eigene Achse gegen die Wand neben der Tür. Anna verlor den Boden unter ihren Füßen. Ruckartig prallte sie mit ihrem Rücken gegen die Wand und rutschte an ihr herunter. Schmerzen breiteten sich schnell und stechend in ihrem Brustkorb aus. Sie spürte, dass mindestens eine Rippe gebrochen war. Ihr Kopf schmerzte, ihr Blick war getrübt. Durch den verschwommenen Schleier, der sich vor ihre Augen gelegt hatte, schoss ein kräftiges Bein auf sie zu. Der Tritt traf hart gegen ihre Brust. Die Luft wurde mit einem Mal aus ihrer Lunge gepresst. Sie schnappte nach Atem.

Um einen weiteren Tritt zu entgehen, wuchtete sie ihren Körper zur Seite. Ein weiterer Tritt kam nicht.
Stattdessen hörte sie schwere Schritte neben sich. Wie ein verwundetes Beutetier versuchte sie, von Söhrens weg zu krabbeln, als dieser ihr scheinbar belustigt und völlig entspannt folgte. Sie krabbelte in Richtung Flur davon. Da griff Söhrens nach ihrem linken Fuß und hielt sie fest. Er lachte. Ihn amüsierte die panische Polizistin vor ihm auf dem Boden, als wäre es eine willkommene Abwechslung von seinen üblichen Taten.
»Du krankes Schwein!«, schrie Anna, trat mit ihrem freien Fuß wild nach hinten, spürte, dass sie etwas hart traf.
»Ah!«, fluchte Söhrens und fasste sich ins Gesicht. Er strauchelte einige Schritte zurück.
Anna nutze den Augenblick, nahm alle Kraft zusammen und drückte sich hoch. Sie stolperte in den Flur auf die Haustür zu.
Doch bereits nach wenigen Schritten hörte sie den wahnsinnigen Killer hinter ihr. Er keuchte. Sie wagte es nicht, sich umzuschauen, doch er musste direkt hinter ihr sein.
Sie würde es nicht rechtzeitig schaffen, die Tür zu öffnen, ohne dass er sie packte.
Sie stieß an das Treppengeländer, erkannte die Chance und sprang die Stufen nach oben. Sie hatte keinen Plan, sie folgte nur ihren Instinkten und betete, dass sie ihr das Leben retten würden.
Oben stürzte sie in eines der Zimmer und schloss die Tür. Sie hatte Söhrens nicht mehr hinter sich gehört, als sie das obere Stockwerk erreichte. Vielleicht war er lieber geflohen,

als eine verwundete Polizistin zu jagen.
Anna blickte sich im dunklen Zimmer um. Soweit sie es erkennen konnte, schien es ein Mix aus Kraftraum und Abstellkammer zu sein. Sie erkannte ein Rudergerät, ein Laufband und einige herumliegende Kurzhanteln.
Außerdem standen unzählige Kartons herum und zwei alte Sessel.
Sie hörte Schritte auf dem Gang. Söhrens war nicht geflohen. Er kam. Er kam, um sie zu holen.
Der Mann näherte sich der Tür.

Kapitel 10

Der Mann näherte sich der Tür.

Sein Auge schmerzte. Die Polizistin, die sich in dem Raum vor ihm versteckte, hatte ihn voll erwischt. Der dreckige Schuhhacken hatte seine Spuren hinterlassen. Ein absoluter Glückstreffer, aber sein rechtes Auge war zu geschwollen und er konnte es jetzt kaum noch öffnen.

Wütend stand er vor der Tür. Er würde seine Rache auskosten. Die junge Frau würde ihn auf allen Vieren um Gnade anflehen, während er ihr jeden Knochen einzeln brach.

Danach würde er sich ihrem Partner widmen. Den dicken alten Mann, den er mit einem einzigen Schlag auf den Kopf ausgeknockt hatte.

Vielleicht sollte er ihr auch zeigen, was er mit dem Fettsack tun würde, sie zwingen zuzusehen. Erst dann würde er sie töten.

Söhrens horchte an der Tür. Er glaubte, ein Rumpeln zu hören. Dann war es still. Die Polizistin hatte weder ihre Waffe noch eine Lampe. Diese lagen unten in der Küche. Sie war nicht besonders groß und wog nicht einmal die Hälfte von ihm.

Dann soll es so sein, dachte er und stieß mit einem Ruck die Tür auf.
Im Zimmer war es dunkel.
Nicht mit mir. Er betätigte den Lichtschalter neben der Tür.
Die Stromsparlampe erhellte den Raum nach und nach mit Licht. Die Polizistin war nirgends zu sehen.
Doch gab es nicht viele Möglichkeiten, sich hier zu verstecken.
Ein kühler Luftzug machte Söhrens auf das geöffnete Fenster aufmerksam.
Auf diesen Trick würde er nicht hereinfallen. Er würde zuerst hinter dem Kartonberg nachsehen. Als er achtlos die Kartons zur Seite warf, griff sie ihn an.

Sonntag, 17. Dezember, 21:14 Uhr

Anna

Als sie den Mörder vor der Tür gehört hatte, öffnete Anna schnell eines der beiden Fenster und versteckte sich hinter den Sesseln.
Söhrens kam rein. Er schaltete das Licht ein. Anna hielt die Luft an, als er an ihr vorbeiging. Am liebsten hätte sie ihrem Schmerz stöhnend nachgegeben. Ihr Brustkorb machte ihr zu schaffen. Aber sie sah, dass der Kampf in der Küche auch bei Söhrens Spuren hinterlassen hatte. Mit einer Hand rieb er sich eine Gesichtshälfte. Als er die Hand runternahm, konnte Anna eine schwere Schwellung am Auge erkennen. Vielleicht ein kleiner Vorteil.
Der Mann fiel nicht auf die Täuschung mit dem geöffneten Fenster herein. Er schnaubte verächtlich und begann die Kartonhaufen zu durchwühlen.
Anna sah ihre Chance. Sie nahm ihren ganzen Mut zusammen.
Sie griff nach einer der kleineren Kurzhanteln. In dem toten Winkel seines rechten Auges näherte sie sich Söhrens leise an.
Sie schlug so stark zu, wie sie konnte.
Söhrens brüllte vor Schmerz. Er taumelte zurück und stürzte in die Kartons. Er war benommen, aber nicht K.O. gegangen. Anna zögerte. Sollte sie nachsetzen oder weglaufen?

Mutig ging sie auf ihn los und hob erneut die Hantel.
Söhrens war zu schnell. Bevor die Hantel vollständig auf seinen Kopf hinunter gesaust war, hob er schützend seinen Arm. Annas Arm prallte an seinem viel kräftigeren Unterarm ab. Der Kontakt schleuderte die Hantel aus ihrer Hand. Sie landete auf Söhrens Fuß. Der Mörder spie aus und fluchte.
Anna wagte keinen weiteren Angriff. Sie nutzte erneut die Chance seiner Schwäche und rannte aus dem Zimmer. An der Treppe angekommen hörte sie Söhrens hinter ihr auf den Flur stürmen.
Anna sprang so schnell sie konnte mehrere Stufen gleichzeitig nehmend die Wendeltreppe hinab. Söhrens dicht hinter ihr.
Wenn sie vor ihm die Küche erreichte und die Waffe greifen könnte, dann hatte sie eine Chance.
Sie spurtete durch den dunklen Flur. Söhrens humpelte leicht, war aber trotzdem schneller als sie. Der Abstand betrug nur wenige Zentimeter, als Anna durch die Küchentür hechtete.
Das Licht in der Küche war eingeschaltet. Doch nirgends konnte sie die Waffe sehen.
Söhrens hatte sie erreicht, doch er konnte sie nicht anfassen.
»Keine Bewegung oder ich schieße!«
Michi, mit einer blutigen Wunde am Kopf, stand hinter der Tür und zielte genau auf Söhrens Herz.
Anna keuchte. Sie war nun aus der Reichweite des Mörders.
Söhrens stand im Türrahmen. Er funkelte die beiden zornig an. Ein, in die enge gedrängter, Hund bellt oder greift an. Doch Söhrens zorniger Gesichtsausdruck wandelte sich in

ein boshaftes Lächeln.
»Jetzt haben wir dich endlich.«
Anna nahm ihre Dienstwaffe, die Michi ihr reichte. Sie stellte sich neben ihn und visierte Söhrens an. Ihre Hände zitterten.
»Noch stehe ich hier, oder nicht?«, seine Stimme war höher, als es seine Gestalt vermuten ließ. Doch sie klang kalt und berechnend.
»Gib mir einen Grund dich zu erschießen und ich schwöre, ich werde es tun!«
»Anna.«, fauchte Michi sie leise an.
»Heb deine Hände über deinen Kopf, du Arschloch.«, ignorierte Anna Michis Einwand, den er nur in der Art, wie er ihren Namen ermahnend gezischt hatte, ausgedrückt hatte.
Söhrens rührte sich nicht. Er stand immer noch diabolisch grinsend im Türrahmen der Küchentür.
»Na los, wird's bald. Du krankes Schwein.«
Die Beleidigungen konnten Söhrens nichts anhaben. Er war viel kontrollierter als diese hysterische, kleine Frau. Er würde sich nicht provozieren lassen.
»Ich sage es ein letztes Mal: Hände hoch!«
Er rührte sich nicht. Anna warf einen unsicheren Blick zu Michi.
Michi versuchte Ruhe auszustrahlen: »Na los, machen Sie schon.« Sein Tonfall war um einiges freundlicher als der von Anna, aber konnte er die Angst in seiner Stimme nicht verbergen.
Söhrens Lächeln wurde breiter, als er langsam seine Hände über seinen Kopf hob.

»Nun kommen Sie ganz langsam drei Schritte auf mich zu.«
Söhrens zögerte. Für einen kurzen Moment sah es so aus, als würde er der Aufforderung nachkommen. Doch dann machte er plötzlich auf dem Absatz kehrt und stürmte durch den Flur.
Anna zögerte keine Sekunde und feuerte eine Patrone nach ihm ab. Das Geschoss verfehlte sein Ziel um Haaresbreite und schlug in die Wand gegenüber der Küchentür ein.
»Verdammt!«, fluchte sie und wollte ihm nachsetzen.
»Nein, Anna!« Der Schrei, der Michis Mund verließ, war so laut und eindringlich, dass Anna diesmal innehielt und stehen blieb.
»Wir gehen zusammen.«, seine Stimme war unmissverständlich. Keine Kompromisse.
»Ich habe, bevor ich ins Haus kam, den Notruf abgesetzt. Die Verstärkung müsste bald hier sein.«
Anna guckte ihn abschätzend an. »Okay. Die Kollegen haben das Haus aber noch nicht umstellt. Ansonsten hätte mein Schuss einen Notzugriff ausgelöst und das SEK würde in diesem Moment das Haus stürmen.«
»Ich weiß.«, pflichtete Michi ihr bei. »Deshalb gehen wir beide jetzt gemeinsam vor. Wir holen ihn uns. Aber bitte, versuche, ruhig zu bleiben. Du brauchst jetzt einen klaren Kopf. Denk daran, was er jetzt tun wird. Es gibt für ihn kein Entkommen mehr.«
Anna wusste, dass Michi Recht hatte. Sie wusste, was Söhrens machen würde. Sie hatten die Haustür nicht gehört. Er war also nicht in die Nacht geflohen.
Das würde auch nichts mehr bringen. Es gab keinen Ort, zu

dem er sich jetzt noch wenden konnte. Und das wusste er. Was macht ein eiskalter, berechnender Killer, der mit zwei Cops in einem Haus eingesperrt ist und nirgends hinkann? Er braucht einen Vorteil, ein Pfand, etwas um sich frei zu kaufen. Ein Fluchtwagen für eine Geisel. »Mein Gott.«, entfuhr es Anna. Das Kind war mit ihm oben.
»Also gut. Es gibt kein Zurück mehr, Michi«, sagte Anna und griff ihre Waffe fester. »Lass uns loslegen. Gemeinsam.«
Gemeinsam traten sie auf den im Schatten liegenden Flur. Von oben hörten sie Geräusche. Laute Schritte. Ein Trampeln. Dann zerbrechendes Glas.
Kurz bevor sie die Wendeltreppe erreicht hatten, brach draußen ein Riesenlärm aus. Martinshörner durchschnitten die Stille des dritten Adventabends.
Durch sämtliche Fenster des Hauses leuchteten blaue Blinklichter in den Wohnbereich. Sie hörten Autos, die aus hoher Geschwindigkeit plötzlich abbremsten. Die Verstärkung war da und es hörte sich beinahe nach der gesamten Polizei der Nordstadt an, die draußen das Parkett betrat, um zum großen Finale zum Tanz zu bitten.
Anna und Michi sahen sich unvermittelt an. Erleichterung, stand in beiden Gesichtern. Auch wenn die Situation hier drinnen noch nicht bereinigt war und die Lage für das Kind hochgefährlich war, gaben ihnen die unzähligen Kollegen ein gutes, gar ein mächtiges Gefühl. Mit der vereinten Kraft würden sie diesen Wahnsinn beenden können.
»Hey, da unten!«, schallte Söhrens Stimme plötzlich von oben herunter und ließ die beiden zusammenzucken.
»Ich habe den Jungen. Wenn ihr wollt, dass er überlebt, dann

solltet ihr mir gut zuhören!«
Michi ergriff das Wort: »Söhrens, seien Sie doch vernünftig. Es ist vorbei. Sie wollen dem Kind doch nichts tun.«
»Ach, wirklich nicht?« Sie hörten Schritte. Die Lichtkegel ihrer Taschenlampen leuchteten an den obersten Absatz der Treppe. Langsam schob sich die breite Schulter von Söhrens ins Licht. Über seinem linken Arm hing der kleine, immer noch bewusstlose Junge. Der Mann hielt in so mühelos hoch, als wäre er eine Puppe. In seiner rechten Hand hielt Söhrens eine in ein Kleidungsstück eingewickelte lange und spitze Glasscherbe. Das war wohl das Klirren von oben gewesen. Das Ende der Spitze drückte er langsam in den Hals des Jungen. In seinem Gesicht konnten die beiden Polizisten nichts ablesen. Es war völlig ausdruckslos.
»Nein, nicht.«, flehte Anna. »Was wollen Sie?«
In dem Moment schallte von draußen eine durch ein Megaphon verstärkte männliche Stimme: »Hier spricht die Polizei! Kommen Sie mit erhobenen Händen aus dem Haus! Sie sind umstellt! Leisten Sie keinen Widerstand und ergeben Sie sich, ansonsten werden wir stürmen und Gewalt einsetzen!«
Michi sagte inbrünstig an den Mörder gewandt: »Hören Sie mir zu. Es muss nicht mit ihrem Tod enden. Sie können das hier noch überleben.«
Der Mann setzte wieder seinen diabolischen Gesichtsausdruck auf. Wie eine verzerrte Maske.
»Ich werde überleben. Und Sie werden mir dabei helfen. Es wird wie folgt ablaufen.«

Sonntag, 17. Dezember, 21:27 Uhr

»Er will ein vollgetanktes Fahrzeug ohne Überwachungstechnik. Er will fünfzigtausend Euro in Scheinen und keine Verfolgung. Ansonsten wird er erst den Jungen töten und dann jeden, der versuchen will, ihn festzunehmen.«
Anna stand wie einige Stunden zuvor in der mobilen Einsatzzentrale der Polizei. Mit ihr befanden sich in dem Fahrzeug die beiden Beamten vor den Bildschirmen, Simon, der den Einsatz führte und der maskierte Anführer des SEKs, Matti. Nur dieses Mal nahmen sie ihre Worte ernst.
Nachdem Söhrens Anna und Michi seine Forderungen genannt hatte, schickte er Anna als Verhandlerin zu ihren Kollegen nach draußen. Michi sollte unbewaffnet als Ansprechpartner und weitere Geisel bei ihm drinnen bleiben. Per Handy sollte er die Bestätigung von Anna erhalten, dass Söhrens Forderungen innerhalb der Frist von einer Stunde erfüllt werden würden.
Anna hätte sich am liebsten zusammengekauert und geweint wie ein kleines Kind, aber sie riss sich zusammen.
Sie musste jetzt stark bleiben. Für das Kind und für Michi.
Michi, der nur ihretwegen in dieser Situation steckte.
Er hatte auf die Verstärkung warten wollen. Nun schwebte er in Lebensgefahr in der Gewalt eines wahnsinnigen Psychopathen.
Anna war immer noch fest davon überzeugt, dass er einer war. Auch wenn Michi ihr noch ins Ohr geflüstert hatte, als er ihr seine Waffe übergab:

»Denk daran. Er ist kein Psychopath. Es sind die Kinder, Anna. Er will ein Held sein. Für die Kinder.«
Auch wenn es angesichts von Söhrens Vergangenheit plausibel erscheinen mochte, glaubte Anna nicht an diese These. Michi hatte den Gesichtsausdruck Söhrens nicht gesehen, als er sie durch das Haus gejagt hatte. Er genoss es, Menschen zu töten.
»Was kannst du uns über den Geiselnehmer noch sagen?«
Anna antwortete, während sie die letzten Minuten des Abends nochmal durchlebte.
»Er ist ein Riese, fast zwei Meter groß und stark wie ein Bär. Aber er ist auch verletzt. Sein rechtes Auge war geschwollen und er humpelte ein wenig.«
»Hm.«, überlegte der Mann unter der Sturmhaube.
»Also ist er für sich genommen überwindbar. Aber ich fürchte nicht, dass wir ihn erwischen, bevor er dem Kind oder deinem Partner etwas antut.«
Anna liefen Tränen die Wange herunter.
Es war ihre Schuld. Michi und sie waren sich zwar nicht immer einig gewesen. Doch fühlte sie eine gewisse Zuneigung zu ihm. Nichts Erotisches, doch war sein entspannter Charakter so trostspendend gewesen. Es hatte sich gut angefühlt, mit ihm zu ermitteln.
Nun war er todgeweiht.
»Was ist mit einem Verhandler?«
»Der Beste, den ihr kriegen könnt, sitzt in diesem Haus.«, entgegnete Anna.
Simon stöhnte. »Wir sollten ihm zumindest erst einmal suggerieren, dass wir auf seine Forderungen eingehen. Anna, du

rufst deinen Partner an und lässt ihn das ausrichten. Matti, du überlegst dir, an welcher Stelle ein Zugriff die wenigsten Risiken mit sich bringt.«

Matti nickte und verließ den Van. Anna griff nach ihrem Handy und wählte zitternd Michis Nummer.

Es tutete dreimal, dann hörte sie Michis Stimme. Sie war ruhig und scheinbar gelassen.

»Hallo, Anna, wie sieht es aus?«

»Ich soll dir sagen, dass wir darauf eingehen.

Wie geht es dir und dem Kind?«

»Mir geht es den Umständen entsprechend gut. Seinem Kind auch. Ich soll auflegen. Mach's gut, Anna.«

Er legte auf. Anna grübelte. Schnell wurde ihr klar, was sie machen musste.

»Sein Kind!«, rief sie in den Van hinein. Simon blickte sie fragend an.

»Es war kein Versprecher. Söhrens hat eine Tochter, Lea. Ich habe bereits mit ihr gesprochen. Holt sie hierher.«

Simon zögerte: »Ist das nicht zu gefährlich?«

»Es ist unsere einzige Chance, ein Blutbad zu verhindern.«

Simon nickte. Er wandte sich an seine Kollegen und verfügte, das Mädchen sofort an den Ereignisort zu verbringen.

Sonntag, 17. Dezember, 21:47 Uhr

»Die erste Möglichkeit ist ein statischer Zugriff mit hohem Personaleinsatz. Wir stürmen das Objekt an drei Zugangspunkten. Vom Dach durch den Flur, von unten durch die Hintertür, dann die Treppe hoch. Drittes Team vom Dach auf der Südseite drittes Fenster von links. So würden wir ihn in eine Zange nehmen. Der größte Nachteil und gleichzeitig das Kernrisiko wäre, dass er eine gute Chance hat, mindestens eines der Teams bei der Annäherung zu entdecken.
Wir könnten das Risiko verringern, wenn unser Mann drinnen im richtigen Moment eine Ablenkung startet. Dazu müssten wir ihm beim nächsten Anruf eine verschlüsselte Nachricht übermitteln.«
Matti machte eine kurze Pause und sortierte seine Notizen.
Sie standen draußen hinterm Van. Mittlerweile war es taghell vor dem Hause Lehmanns. Die Presse hatte von dem Einsatz Wind bekommen und das volle Ballett aufgefahren. In zweiter Reihe direkt hinter der Polizeiabsperrung parkten unzählige Fahrzeuge der Journalisten. Menschen wuselten durch die Gegend. Kameraleute, Reporter, Anwohner und weitere Schaulustige, die mit ihren Smartphones neugierig die Szenerie filmten. Es entstanden hier hunderte von Aufnahmen aus allen möglichen Blickwinkeln.
Auch die Polizei hatte weiter aufgefahren. Neben einer Hundertschaft, die zur Sicherung des inneren Ringes um das Zielobjekt eingeteilt worden war, dem SEK, das mittlerweile mit vier Teams vor Ort war, waren der Polizeichef von

Nordstadt, der ebenfalls für diesen Vorort verantwortlich zeichnete, und ein Mobiles Einsatzkommando, kurz MEK, am Ereignisort eingetroffen. Das MEK hatte bereits einen zivilen Streifenwagen präpariert, für den Fall, dass sich die Einsatzleitung doch dafür entscheiden sollte, auf die Forderung des Mörders einzugehen.
Der Polizeichef stand mit seinem Pressesprecher und Chef des Stabes bei der Einsatzbesprechung.
»Wie lautet ihre zweite Möglichkeit?«, fragte er den Führer des SEKs.
»Nun, die zweite Möglichkeit wäre, scheinbar auf die Forderung des Geiselnehmers einzugehen. Ihm das Auto auf die Straße zu stellen und im Haus gegenüber meine Präzisionsschützen in Stellung gehen zu lassen.
Sobald er einsteigt und das Kind mutmaßlich auf den Beifahrersitz platziert, schalten wir ihn aus.«
»Was meinen Sie mit ausschalten?«, fragte der Pressesprecher.
Mattis Augen, die durch seine Wollmütze sichtbar waren, verengten sich verärgert.
»Ein klarer, sauberer Kopfschuss. Wir stellen das Auto so ab, dass wir aus fünfzig Metern ohne Hindernisse wirken können. Er wird nichts mitbekommen und sich nicht mehr regen können. Sofortiger Tod.«
»Nachteile?«, fragte der Polizeichef kurz und knapp.
»Naja, der Geiselnehmer wird definitiv draufgehen.«
Der Polizeichef, ein hagerer, erfahrener Mann, entschied schnell und ohne eine Miene zu verziehen.
»Variante zwei. Bereiten Sie Ihre Männer vor.«

Die umher stehenden Polizisten bewegten sich in verschiedene Richtungen.
»Stopp.«, rief Anna. Alle blieben verwundert stehen und starrten sie an. Ihr wurde unbehaglich, vor so vielen Fremden zu sprechen.
»Wir müssen noch abwarten, ob das Mädchen uns weiterhelfen kann.«
»Welches Mädchen?«

Sonntag, 17. Dezember, 21:56 Uhr

Lea war völlig aufgelöst, als sie den Streifenwagen verließ. Anna ging durch die Masse an Reportern und Schaulustigen auf sie zu.
»Anna?«, rief eine weibliche Stimme aus dem Menschenknäuel ihr zu. Anna blickte in die Richtung, aus der die Stimme gekommen war. Es war Martina. Die Münchener Journalistin winkte ihr mit einer Hand zu, während sie mit der anderen ihr Smartphone über dem Kopf hielt, um alles zu filmen.
Anna winkte zurück, ging aber weiter, ohne Martina weiter zu beachten. Jeder Schritt tat weh. Die Verletzung an Ihren Rippen pochte. Es war kaum auszuhalten. Doch sie hatte ein klares Ziel.
»Lea, gut, dass du da bist. Jetzt brauche ich schon wieder deine Hilfe.«
»Sie wollen, dass ich helfe, meinen Vater gefangen zu nehmen.«, heulte Lea.
»Die da haben mir schon alles erzählt.« Sie zeigte mit ihrem Finger auf die beiden Polizisten, die sie hergefahren hatten. Besonders sensibel schienen sie es ihr nicht beigebracht zu haben, aber Anna war froh darum, dass sie es dem Mädchen nicht selber beibringen musste.
»Und?«, fragte sie vorsichtig. »Wirst du mir helfen?«
Das Mädchen guckte sie böse an.
»Ich will nicht, dass ihm was passiert, ich habe ihn gerade erst zurückbekommen.«

»Dann musst du mir helfen. Wir retten sein Leben und das eines Polizisten und eines kleinen Jungen.«
Lea wischte sich die Tränen aus dem Gesicht.
»Ich weiß, was mein Papa getan haben soll, aber ich glaube es nicht.«
Anna intervenierte geschickt: »Dann werden wir das beweisen. Aber das geht nur, wenn du mir hilfst, sein Leben zu retten.«
Das machte Eindruck bei Lea. Sie stimmte zu. Anna erklärte ihr schnell, was sie zu tun hatte. Dann gingen sie zusammen zum Wagen der Einsatzleitung. Anna weihte Matti und Simon in ihren Plan ein und wählte dann Michis Nummer.
»Ja?«, Michi klang nicht mehr so entspannt wie zuvor.
»Ist alles in Ordnung mit euch beiden?«, wollte Anna wissen.
»Naja, wir sitzen hier schweigend rum. Er fragt, was du willst?«
»Gib ihn mir.«
Michi sagte irgendetwas zu Söhrens, was Anna nicht verstehen konnte.
Dann sagte Michi zu ihr: »Er will nicht mit dir sprechen. Er sagt, du sollst sagen, was du willst oder auflegen.«
»Sag ihm, er soll durch das obere Flurfenster nach draußen auf die Straße blicken.«
Michi sagte wieder etwas an Söhrens gewandt, dann zu Anna: »Ist das Auto schon bereit?«
»Er soll gucken.«
Anna gab Lea das Zeichen. Sie gingen gemeinsam über die Straße in Richtung des Hauses und blieben dann am

Gartentor gut sichtbar stehen.
Jetzt war es Söhrens Stimme, die wütend durch das Telefon schallte.
»Was soll das?! Glaubt ihr, dieses Kind bedeutet mir irgendetwas?«
»Sie ist ihre Tochter und sie liebt sie. Sie will nicht, dass Ihnen etwas passiert.«
Eine halbe Minute schwieg Söhrens, dann sagte er mit eisiger Stimme, so dass es Anna bis ins Mark erschütterte: »Sie bedeutet mir nichts. Sie haben noch zehn Minuten!«
Dann legte er auf.
Anna war wie erstarrt.
»Was hat er gesagt? Kommt er raus?« Lea stupste sie von der Seite an. Anna schoss durch die Berührung erneut ein Schmerz durch den Brustkorb.
»Wir müssen wieder zurück zum Van. Komm.«
Sie beantwortete die Fragen des Mädchens nicht, sondern wies sie an, sich in dem Van auf den Beifahrersitz zu setzen. Lea befolgte die Anweisungen, doch weinte sie nun ununterbrochen.
»Es hat nicht funktioniert, oder?«, fragte Simon sie, obwohl er die Antwort schon zu erahnen schien.
Anna schüttelte nur stumm mit dem Kopf. Sie wusste, wie so oft, nicht mehr weiter.
»Okay, Variante zwei.«, sagte Simon dann an Matti gewandt. Der erhob sich von seinem Campingstuhl und verließ sie wortlos.
Der Wagen, ein silberner Ford S-MAX, wurde durch einen Polizisten des MEKs vor die Tür des Hauses gestellt. Für den

Anschein wurde die Absperrung, die über die Straße gezogen worden war, verschoben. Die neugierigen Gaffer wurden entfernt.
Über Funk kam bei Simon die Bestätigung: »Adler sitzt im Nest, Adler sitzt im Nest.«
Das Präzisionsschützenteam des SEKs war bereit.
Was ein dramatisches Ende, dachte Anna. Sie stand unter Schock. Konnte so gut wie keinen klaren Gedanken mehr fassen. Doch sie hatte noch ein letztes Stück in diesem Spiel. Ein letzter Anruf.
»Ja?«, es war wieder Michi am Telefon.
»Wir sind so weit. Er kann nun in das Auto steigen. Es ist der silberne Ford, direkt vor der Tür.«
Michi wiederholte Annas Worte für Söhrens. Dieser entgegnete etwas, was Michi wiederholte:
»Anna, er will, dass ihr das Auto umparkt. Gegenüber, das Carport. Da soll das Auto drinnen stehen. Und keine Tricks. Ihr habt drei Minuten, dann kommt er raus.«
»Okay.«, sagte Anna: »Das machen wir. Michi?«
»Ja?«
»Ist alles in Ordnung mit dir?« Seine Stimme klang schwächer als zuvor, fast leer.
»Anna, er wird mich nicht mitnehmen. Ich bin sein Ballast. Bitte.«, seine Stimme zitterte: »Ich habe einen Sohn. Hannes, er ist fünfzehn und lebt bei seiner Mutter. Ich habe ihn vernachlässigt und sehe ihn nur zweimal im Jahr. Aber.«
Anna gefror das Blut in den Adern, als Michi zu schluchzen begann: »Ich liebe ihn, bitte, sag ihm das von mir.«
»Michi, ich…«, fing Anna an, doch er hatte bereits

aufgelegt.
»Verdammt!«, fluchte Matti: »Er hat uns durchschaut. Die Auffahrt gegenüber ist abschüssig. Keine Chance für einen gezielten Schuss.«
»Aber wir haben keine Zeit.«, Anna war panisch, leer, völlig kraftlos. Trotzdem versuchte sie, ihre Gedanken zu ordnen. Sie schaffte es nicht.
»Nein. Die haben wir nicht. Ein Team geht im Haus neben dem Carport in Stellung. Unsere einzige Chance. Sonst tötet er die Geiseln gleich.«
Die Haustür öffnete sich. Söhrens betrat den Scheinwerfer überfluteten Vorgarten, in seinem Arm der mittlerweile wache kleine Junge. Die Glasscherbe drückte er dem Kind an die Kehle.
Michi war nirgends zu sehen. Anna brach in Tränen aus. Das war ihre Schuld.
Söhrens trug den Jungen über die Straße. Um ihn herum standen mindestens hundert Einsatzkräfte. Es schien ihn nicht im mindestens zu interessieren. Er ging über die Einfahrt in das Carport. Er hievte den Jungen aber nicht auf den Beifahrerplatz, sondern setzte ihn sich auf den Schoß. Es würde unmöglich sein, ihn zu erschießen, ohne den Jungen zu treffen. Söhrens würde entkommen.
Plötzlich wusste Anna, was zu tun war. Sie sah es vor sich. Wie eine göttliche Eingebung. Ein letztes Aufbäumen eines angeschossenen Pferdes.
»Sag Matti, er soll sich für das Stürmen der Fahrertür bereit machen und auf sein Zögern warten!«, rief Anna Simon zu und rannte los.

»Auf welches Zögern?«
»Er wird es erkennen!«, schrie sie über ihre Schulter.
Sie lief nicht zum S-MAX., sondern zum Van.
Söhrens hatte die Geldtasche überprüft. Der Junge war immer noch auf seinem Schoß. Er startete den Motor. Niemand konnte ihn aufhalten. Niemand.
Außer.
Das Auto fuhr an. Die Auffahrt hoch.
Anna sprang vor das Auto. An ihrer Hand zerrte sie Lea hinter sich her.
Söhrens trat auf die Bremse. Zornig fluchend, wedelte er mit seiner Hand. Die beiden sollten verschwinden. Doch er konnte nicht weiterfahren. Denn er konnte Lea nicht gefährden. Sie war seine Tochter. Er liebte sie.
Bevor er über eine Gegenreaktion nachdenken konnte, griff Mattis Team von der Seite zu.
Ein vermummter Polizist zielte mit seinem Sturmgewehr über die Motorhaube hinweg auf Söhrens Kopf. Zwei griffen von der Fahrerseite an. Sie zerschlugen das Fenster und hielten den starken Arm des Mannes, in dessen Hand er die Spitze Klinge hielt, fest. Über die Beifahrerseite kletterte ein weiterer Beamter des SEKs ins Auto und entriss Söhrens den kleinen Jungen.
Mit mehreren Schockschlägen bearbeiteten die Polizisten den Mörder, der fluchte und sich mit aller Macht wehrte. Sie zerrten ihn aus dem Auto auf den harten Pflasterboden. Sie versuchten ihn, zu fesseln. Er wehrte sich noch heftiger. Der Junge war sicher. Doch Söhrens war zu stark. Er warf einen der Beamten gegen das Auto und griff einen anderen unter

dem Visier seines Schutzhelmes ins Gesicht. Er riss, schmetterte dessen Kopf nach hinten. Der Mann brach tot zusammen. Söhrens griff nach der Waffe des Toten.
Aus allen Richtungen flogen die Geschosse. Söhrens schrie auf vor Schmerz. Ein letztes Mal bäumte er sich auf. Dann brach er von dreiundzwanzig Schüssen getroffen zusammen.
Der Adventmörder war tot.
Anna stürmte in das dunkle Haus auf der anderen Straßenseite. Die Gefühle übermannten sie abermals, als sie durch die Haustür stürzte.
Die Treppe hoch. Der obere Flur lag im völligen Dunkel.
Tränen rannen ihr über das Gesicht.
»Michi!«, brüllte sie verzweifelt.
»Michi! Michi!«, immer wieder schrie sie seinen Namen in den Flur.
Doch es kam keine Antwort.

Ende des Advent-Killers

Berichtet von Martina Heinrichs

Nordstadt/Heringsdorf. Die jahrelange Jagd nach dem sogenannten Advent-Killer nahm gestern am späten Abend in einem kleinen Ort namens Heringsdorf in der Nähe der Metropole Nordstadt ein jähes Ende.
Den bizarren Namen hatte der Serienmörder Jens S. von der örtlichen Presse nicht umsonst erhalten. Er ermordete wiederholt an Adventsonntagen alleinerziehende Väter. Er machte Kinder elternlos. Aber warum? Unsere Redaktion war nicht ganz unbeteiligt an der Aufklärung des Falles.
So kam ein entscheidender Tipp aus unserer Redaktion selbst.
Doch der Reihe nach berichtet:
Die junge Kriminalkommissarin Anna L. ermittelte in der abstrusen Mordserie, doch der Täter hinterließ keine Spuren am Tatort. Sie forderte Hilfe vom Bundeskriminalamt (BKA) an, einen Fallanalytiker, der ein psychologisches Profil entwickelte, der jedoch anonym bleiben soll. Sein Profil erwies sich als präzise, doch fehlte ihm eine wichtige Information. Der Killer mordete nicht erst seit einem Jahr in Nordstadt. Durch einen Zufall fand unsere Redaktion heraus, dass der Mörder schon mindestens drei Jahre nach einem fast identischen Vorgehen im fernen Schweden gemordet hatte.
Mit dieser Information und der Unterstützung eines hoch

engagierten, unbürokratisch unterstützenden schwedischen Juristen und Ex-Cop, wie Anna L. durchschauen lässt, konnten die fehlenden logischen Lücken im Profil des Täters geschlossen und dieser identifiziert werden.
Jens S. tötete Männer, die wie sein Vater alleinerziehend waren. Durch die eigene traumatisierende Kindheit projizierte er den Hass gegen seinen gewalttätigen Vater, sein erstes, grausam erschlagenes Opfer, auf alleinerziehende Väter. Gleichzeitig wollte er in seinem Wahn die Kinder seiner Opfer vor der eingebildeten Gewalt ihrer Väter schützen.
Gestern Abend wurde er auf frischer Tat gestellt. Leider konnte die Polizei einen letzten Mord nicht verhindern. Die Sicherheitskräfte stellten Jens S. im Haus seines letzten Opfers. In auswegloser Situation nahm Jens S. den Sohn seines Opfers und den Fallanalytiker des BKA als Geiseln und forderte ein Fluchtfahrzeug, Geld und freies Geleit.
Das Spezialeinsatzkommando (SEK) ging zum Schein auf die Forderungen ein, griff jedoch zu, als der Geiselnehmer sich mit dem bereitgestellten Fahrzeug auf die Flucht begeben wollte. Bei der Festnahme starben tragischerweise ein Polizeibeamter des SEK und Jens S. selbst.
Vor seiner Flucht versuchte der Mörder sich des BKA-Beamten durch einen Schnitt in der Kehle zu entledigen. Glücklicherweise konnten die Notfallsanitäter die Blutung noch vor Ort stoppen. Bei einer Notfalloperation konnte ihm das Leben gerettet werden.
Wenn ihr erfahren wollt, was genau die Hintergründe der Advent-Morde waren oder wie die Festnahme des Mörders genau abgelaufen ist und welche Rolle die Tochter des

Killers dabei spielte. Dann hört euch unseren neuen True-Crime Podcast auf allen gängigen Kanälen an: »Weihnachtshorror in der Nordstadt« (ab 22. Dezember, 18:00 Uhr).
Bis zu diesem Wiederhören wünscht die Redaktion euch allen eine, nun auf jeden Fall, h unseren neuen True-Crime Podcast auf allen gängigen Kanälen an: »Weihnachtshorror in der Nordstadt« (ab 22. Dezember, 18:00 Uhr).
Bis zu diesem Wiederhören wünscht die Redaktion euch allen eine, nun auf jeden Fall, sichere und geruhsame Weihnachtszeit.«

ELLIOT WOOLF

Der Adventmörder

Thriller

Eine vorweihnachtliche Geschichte

MJM Books

Über den Schriftsteller

Elliot Woolf ist ein Kind der frühen 90er Jahre, dessen berufliche Karriere ihn an zahlreiche spannende Orte auf der ganzen Welt geführt hat. Seine vielfältigen Erfahrungen als Nachrichtendienstler haben ihn stark geprägt und dienen ihm heute als Inspirationsquelle für seine Arbeit. Aus einer Mischung aus Realität und Fantasie entstehen so authentische Kriminalgeschichten.

Demnächst:

Dieses Buch ist das Erstlingswerk von Elliot Woolf. Wenn es dir gefallen hat, freu dich auf seinen nächsten Thriller.
Noch im ersten Halbjahr 2025 ist die Veröffentlichung geplant.

Für mehr Informationen besuche uns gerne im Internet:

www.elliot-woolf.de

Schizo (Arbeitstitel)

Thriller

Stell dir vor, du fährst mit deiner großen Liebe in den Urlaub. Ein abgelegener und ruhiger Ort inmitten einer paradiesischen Berglandschaft. Doch anstatt dich deinem inneren Frieden und natürlich deiner Angebeteten zu widmen, erlebst du den unvorstellbarsten Horror.
Drogen. Ausbeutung. Gewalt.
Was wäre, wenn du dem Albtraum entkommen könntest, aber dir niemand glaubt?
Würdest du aufwachen wollen?

Printed in Poland
by Amazon Fulfillment
Poland Sp. z o.o., Wrocław

42267119R00136